QING-SHAONIAN
青少年财智故事汇
CAIZHI GUSHIHUI
韩祥平 编著

让青少年

自尊自信的精彩故事

北京出版集团
北京出版社

图书在版编目（CIP）数据

让青少年自尊自信的精彩故事／韩祥平编著．— 北京：北京出版社，2014.1
（青少年财智故事汇）
ISBN 978 - 7 - 200 - 10302 - 1

Ⅰ．①让… Ⅱ．①韩… Ⅲ．①故事—作品集—世界 Ⅳ．①I14

中国版本图书馆 CIP 数据核字（2013）第 282106 号

青少年财智故事汇
让青少年自尊自信的精彩故事
RANG QING-SHAONIAN ZIZUN ZIXIN DE JINGCAI GUSHI
韩祥平　编著

*
北 京 出 版 集 团
北 京 出 版 社　出版
（北京北三环中路 6 号）
邮政编码：100120

网　　址：www．bph．com．cn
北 京 出 版 集 团 总 发 行
新 华 书 店 经 销
三河市同力彩印有限公司印刷
*
787 毫米×1092 毫米　16 开本　11 印张　170 千字
2014 年 1 月第 1 版　2023 年 2 月第 4 次印刷
ISBN 978 - 7 - 200 - 10302 - 1
定价：32.00 元
如有印装质量问题，由本社负责调换
质量监督电话：010 - 58572393
责任编辑电话：010 - 58572775

前言　最优秀的人就是你自己

　　风烛残年之际柏拉图知道自己时日不多了，就想考验和点化一下他的那位平时看来很不错的大弟子。他把大弟子叫到床前说："我需要一位最优秀的传承者，他不但要有相当的智慧，还必须有充分的信心和非凡的勇气……这样的人选直到目前我还未见到，你帮我寻找和发掘一位好吗？"

　　"好的，"大弟子很温顺很诚恳地说，"我一定竭尽全力地寻找，绝不辜负您的栽培和信任。"

　　那位忠诚而勤奋的大弟子，不辞辛劳地通过各种渠道开始四处寻找，可他领来一位又一位，都被柏拉图一一婉言谢绝了。有一次，病入膏肓的柏拉图硬撑着坐起来，抚摸着那位大弟子的肩膀说："真是辛苦你了，不过，你找来的那些人，其实还不如你……"

　　半年之后，柏拉图眼看就要告别人世，最优秀的人选还是没有眉目。大弟子非常惭愧，泪流满面地坐在病床边，语气沉重地说："真对不起，让您失望了。"

　　"失望的是我，对不起的却是你自己。"柏拉图说到这里，失望地闭上眼睛，停顿了许久，才语重心长地说："本来，最优秀的人就是你自己，只是你不敢相信自己，才把自己给忽略了……其实，每个人都是最优秀的，差别就在于如何认识自己、如何发掘和重用自己……"话没说完，一代哲人就这样永远地离开了这个世界。

那位大弟子非常后悔，甚至整个后半生都在自责。

你可以敬佩别人，但绝不可忽略了自己；你也可以相信别人，但绝不可以不相信自己。每个向往成功、不甘沉沦者，都应该牢记苏格拉底的至理名言：最优秀的人就是你自己！

在一个人的心态与性格中，有非常重要的一点，那就是如何看待自我。如果一个人对自我缺乏清醒的认识，那就很难谈到客观地对待外部世界。自信是在客观地认清自己的现状之后仍保持的一种昂扬斗志。自尊则是成功者必须依赖的精神潜能。

有人在研究当代世界名人成长经历后发现，这些名人对自我都有一种积极的认识和评价，表现出相当的自信，并拥有较强的自尊心。因为他们首先自信，所以才会相信自己的选择、相信自己的事业有成功的可能，所以才会坚持到底，直至达到自己的目标。

在现代社会，一个人要想成就一番大事业，凭借单枪匹马地拼杀是不够的，它更需要众多人的支持与合作，这样，自信就显得尤为关键。一个人只有首先相信自己，才能说服别人相信你；如果连自己都不相信自己，那就意味着你已失去在这个世界上最可依靠的力量。

凡是有自信心与自尊心的人，都可表现为一种强烈的自我意识。这种自我意识使他们意志坚定，且行事时充满了激情和战斗力，没有什么困难可以压倒他们，他们的信条就是：我要赢，我会赢！

自信是一面充满魅力的旗帜，能够给人带来好运。在充满自信的人身边，总会聚集一批受其感染的人，与他共同开拓事业。

自信给人以前进的动力，使他们敢于攀登事业的高峰，从而创出一番骄人的业绩。

毋庸置疑，世上只有那些有责任心、肯负责任的人，才能获得成功；只有那些自信且言必信、行必果的人，才能成就大的事业。要承担起对事业的责任，首先必须要有坚强的自信力，要始终自信做任何事情都能成功——绝对能够成功！

一个人没有自信心及自尊心时，任何事情都不会做成功，就像没有脊椎骨的人永远站不起来一样。

世上没有什么困难和障碍能够阻挡一个自信心很强的人前进的道路。班扬被投进监狱后，仍然写出著名的《天路历程》；弥尔顿被挖掉眼睛之后，仍然写出了《失乐园》；帕克曼能写成《加利福尼亚与俄勒冈小道》，靠的也是他一往无前的自信。无数成功的大家名流之所以能有今天的地位，也无非是靠他们的自信，以及强烈自尊心带来的动力。

一个人的潜能就像水蒸气一样，其形其势无拘无束，谁都无法用有固定形状的瓶子来装它。而要把这种潜能充分地发挥出来，就一定要有坚定的自信心。

对一个人的事业来说，自信心可以创造奇迹。自信使一个人的才干取之不尽、用之不竭。一个缺乏自信心和自尊心的人，无论本领多大，都无法抓住任何一个良机，每遇重要关头，总是无法把所有的才能都发挥出来，因而无数次与成功擦肩而过。

胜利只属于做好万全准备、胸有成竹的人。那些即使有机会也不敢把握、不能自信成功的人，只能获得一个失败的结局。唯有那些信心十足、充满自尊心与使命意识、能坚持自己的意见、有奋斗勇气的人，才能保持事业上的雄心，才能获得成功。

目　录

第一章

自信：相信自己最优秀

　　你可以敬佩别人，但绝不可忽略了自己；你也可以相信别人，但首先最应该相信的人就是你自己。如果你想拥有一个自信、成功的人生，就要摆脱自卑和自我怀疑的心理，牢记苏格拉底所说的至理名言：最优秀的人就是你自己。

毛遂自荐

毛遂是战国时代赵国平原君门下的一名宾客，原本名不见经传。

公元前260年，秦国大将白起率大军攻打赵国，两年后，兵临赵国都城邯郸。赵王紧急指派平原君赵胜为使者，向楚国求救。平原君赵胜决定精选20名文武兼备的门客，组成访问团前往楚国。此次前往游说楚王，只能成功，不能失败，因此能够说动楚王出兵相救最好，文的不行也要来武的，一定要强迫楚王答应。

赵胜手下虽号称宾客数千人，但这时候能用得上的，居然凑不齐20个。这时有个叫作毛遂的人自我推荐。赵胜没有见过毛遂，对他毫无印象，便问道："先生在我门下几年了？""3年。"毛遂答。赵胜一听，冷冷地说："贤才处于世间，就像锥子在布袋里，锥尖自然会露出来。如今先生在我门下3年，没人称赞推举过你，可见你没什么能耐。你不适合去，留下来吧！"毛遂对这套说辞不以为然，他充满自信地反驳道："如果早让我在布袋里，就会脱颖而出，岂止露个尖端而已？"赵胜见毛遂这么机灵，便让他参与，另外19人都嘲笑他不自量力，只有毛遂自己显得胸有成竹。

赵胜一行人到了楚国，游说工作颇不顺利，从旭日初升到日正当中，赵胜极力向楚王阐述联合抗秦的重要，楚王却仍然犹豫不决。在一旁的毛遂看在眼里，急在心里，他手按佩剑跨上台阶，大声对楚王说："合纵抗秦一事，利害得失一句话说清楚就可以定夺，怎么从日出谈到中午还不能决断？"

楚王见毛遂倨傲无礼，怒斥说："还不下去？我和你主人讲话，你来干什么？"

毛遂果然胆识过人，他毫不退让，继续按剑向前说："大王斥责我，是仗着楚国人多势众。但现在咱们相距不到十步，人多势众没有用，你的性命恐怕还掌握在我的手上。"接着毛遂话锋一转，先是盛赞楚国兵多将广、地大人多，又叹惜楚国明明有称霸的本钱，却臣服于秦，岂不是很窝囊？毛遂说："白起只是一个小角色，却曾率数万之众攻打楚国，火烧夷陵，毁去楚国宗庙，羞辱了楚国祖先（此事距当时20年），这是百世难解的怨仇，连我赵国都为你感到羞愧，大王却不以为耻。现在提倡联合抗秦，其实是为楚国啊！"

毛遂一席话，说得楚王哑口无言。当即，楚王同意与赵国订立同盟。赵胜圆满完成任务，回国后即将毛遂奉为上宾。

★智慧感悟★

所谓"世间千里马常有，而伯乐不常有"。要想在竞争如此激烈的社会中脱颖而出，不主动去吸引"伯乐"的注意是无法获得成功的。因此，生活中学会"毛遂自荐"非常重要。需要的是勇气和胆识。不自信的人、害怕失败的人不敢尝试，这就造成了一大批平庸无为之人，不自信也是人才被埋没的一个重要原因。

放弃自卑，选择自信

20世纪30年代，在英国一个不出名的小镇里，有一个叫玛格丽特的小姑娘，她在学校永远是最勤恳的学生，是学生中的佼佼者。她以出类拔萃的成绩顺利地升入文法中学，当时，像她那样出身的学生绝少奢望进入这所中学。

在玛格丽特满 17 岁的时候，她明确了自己的人生追求——从政。然而，那个时候，进入英国政坛要有一定的党派背景。她虽然出生于保守党派氛围的家庭，但要想从政，还必须有正式的保守党关系，而当时的牛津大学就是保守党员最大俱乐部的所在地。由于她从小受化学老师影响很大，同时她又想到大学学习化学专业的女孩子比其他任何学科都少得多，如果选择其他的某个文科专业，那竞争就会很激烈。于是，她决定考入牛津大学萨默维尔学院学习化学。

一天，她终于勇敢地走进校长吉利斯小姐的办公室说："校长，我想现在就去考牛津大学的萨默维尔学院。"

女校长难以置信，说："什么？你是不是欠缺考虑？你现在连一节课的拉丁语都没学过，怎么去考牛津？"

"拉丁语我可以学习掌握！"

"你才 17 岁，而且你还差一年才能毕业，你必须毕业后再考虑这件事。"

"我可以申请跳级！"

"绝对不可能，而且，我也不会同意。"

"你在阻挠我的理想！"玛格丽特头也不回地冲出校长办公室。

回家后她取得了父亲的支持，开始了艰苦的复习、备考。这样，在提前几个月得到高年级的合格证书后，她就参加了大学考试并如愿以偿地收到了牛津大学萨默维尔学院的入学通知书。

上大学时，学校要求学 5 年的拉丁文课程。她凭着自己顽强的毅力和拼搏精神，在 1 年内全部学完，并取得了相当优异的考试成绩。其实，玛格丽特不光在学业上出类拔萃，她在体育、音乐、演讲及学校活动方面也颇富才艺。就连校长也评价她说："她无疑是我们建校以来最优秀的学生，她总是雄心勃勃，每件事情都做得很出色。"

40 多年以后，这个当年对人生理想孜孜以求的姑娘终于得偿所愿，成为英国乃至整个欧洲政坛上一颗耀眼的明星，她就是连续 4 年当选保守党党魁，并于 1979 年成为英国第一位女首相，雄踞政坛长达 11 年之久，被誉为"铁娘子"的玛格丽特·撒切尔夫人。

★智慧感悟★

要有自信，然后全力以赴——假如有这种信念，事情十有八九能够成功。

年轻的玛格丽特面对校长吉利斯小姐的质疑没有屈服，因为她自信。如同爱默生说过的一句话："相信你自己的思想，相信你内心深处认为正确的。"自信不是妄自尊大，它需要深厚的知识和经验积累作为坚强的后盾。

如果你确信你是正确的，那么就坚持相信自己吧。因为最终能为你证明的肯定是事实，而非权威、老师等。请记住杜·伽尔的一句话："我力量的真正源泉，是一种暗中的、永不变更的、对未来的信心，甚至不只是信心，而是一种确信。"

有一种自卑叫自信

尼克在大学时曾经被公认是全班最胆小最怕事的人。大学毕业时大家挥手告别，许多人预言10年后相聚他不会有什么大作为，普通的人，普通的生活，庸庸碌碌的一生。

10年很快就过去了，全班的同学重聚在一起。当年许多意气风发、指点江山的同学如今被生活改变成了一言不发的旁观者，许多才华横溢的同学也在繁忙和庸碌的生活中失去了当年的锐气，变得倦怠消极。尼克——那个被公认为将是最失败的人，还是和当年一样平凡得如一粒尘土，不出众，不显眼，也不高谈阔论。

聚会到了高潮，每人依次上台讲述自己的现状和理想，还有对目前生活的满意程度。大多数人目前的生活状况不如当年跨出校门时期待的，对目前生活满意者几乎没有。

尼克上台后平静地说道："我目前拥有数家公司，总资产上亿元，远远超出当年走出校门时的理想。如果说还有什么遗憾的话，就是我认为自己离那些我所欣赏的成功者还很遥远。其实，无论是在学校还是走入社会，我一直很自卑，感觉每个人都有特长，都比我强。所以我努力学习每一个人的特长，并且努力克服自己的缺点。但是我发现无论我如何努力也无法赶上所有的人，所以我一直自卑着。因为自卑，我把远大理想埋在心底，努力做好手头的每一件小事；因为自卑，我把所有伟大目标转化成向别人学习的一点点的进步。进步一点，有一点战胜自卑的理由，同时又会发现一个自卑的借口。这样，永远让自己处在自卑之中，我就获得了源源不断的前进动力。"

在一阵长时间的沉默之后，那些曾经骄傲自信现在却平庸的人忽然之间明白了自己之所以失败是因为过于自信。因为自信，他们看不到别人的优点，不肯虚心向他人请教；因为自信，他们总是把目光盯着高处，而不知道低下头来埋首苦干，这样自信就成了自负，成为他们前进路上的一种阻力。

★智慧感悟★

心理学家认为，每个人心中或多或少都会有一点自卑。但是，自卑在一定程度上可以转化为前进的动力。许多伟人的成就都和自己早年的自卑经历有关，尼克的成功说明了这样一个道理：当一个人把自卑转化成谦虚，转化成自己上进的动力时，自卑又何尝不是一种自信呢？

成名前的大仲马

　　法国著名作家大仲马在成名之前，是一个生活潦倒、无所事事的青年。有一次，他跑到巴黎拜访他父亲的一位朋友，请这位绅士帮忙找个工作。

　　他父亲的朋友问他："你能做什么？"

　　"没有什么了不得的本事，先生。"

　　"数学精通吗？"

　　"不行。"

　　"你懂物理吗？或者历史。"

　　"什么都不知道，先生。"

　　"会计呢？法律如何？"

　　大仲马羞愧地低下了头，第一次知道自己竟是如此差劲，便说："我真惭愧，现在我一定要努力弥补我的不足。我相信不久之后，我一定会给老伯一个满意的答复。"

　　他父亲的朋友对他说："可是，你要生活啊！将你的住处留在这张纸上吧。"大仲马无可奈何地写下了自己的住址。他父亲的朋友笑着说："你终究有一样长处，你的名字写得很好呀！"

　　你看，大仲马在成名前，也曾有过认为自己一无是处的时候。然而，他父亲的朋友，却发现了他的一个看似并不是什么优点的优点——把名字写得很好。

★智慧感悟★

　　生活中，特别是不自信的人，往往会把优秀的标准定得太高，而对自身的优点视而不见。事实上，每个人都不是一无是处的，每个人身上都有独特的天赋，如果你能够正视自己的价值，发现自己的优势，你就能够在自信中充分挖掘出自身的潜能。

自信只需一根支柱

　　他是英国一位年轻的建筑设计师，很幸运地被邀请参加温泽市政府大厅的设计。他运用工程力学的知识，根据自己的经验，很巧妙地设计了只用一根柱子支撑大厅天顶的方案。

　　一年后，市政府请权威人士进行验收时，对他设计的一根支柱提出异议。他们认为，用一根柱子支撑天花板太危险了，要求他再多加几根柱子。

　　年轻的设计师坚持说："只要用一根柱子便足以保证大厅的稳固。"他详细地通过计算和列举相关实例加以说明，拒绝了工程验收专家们的建议。

　　他的固执惹恼了市政官员，年轻的设计师险些因此被送上法庭。

　　在万不得已的情况下，他只好在大厅四周增加了4根柱子。不过，人们不知道的是，这4根柱子全都没有接触天花板，其间相隔了不易察觉的两毫米。

　　时光如梭，岁月更迭，一晃就是300年。

　　300年的时间里，市政官员换了一批又一批，市政府大厅坚固如初。直到 20 世纪后期，市政府准备修缮大厅的天顶时，才发现了这个秘密。

消息传出，世界各国的建筑师和游客慕名前来，观赏这几根神奇的柱子，并把这个市政大厅称作"嘲笑无知的建筑"。最令人们称奇的是，这位建筑师当年刻在中央圆柱顶端的一行字：

真理只需要一根支柱。

这位年轻的设计师就是克里斯托·莱伊恩，一个很陌生的名字。今天，能够找到的有关他的资料实在微乎其微，但在仅存的一点资料中，记录了他当时说过的一句话："至少 100 年后，当你们面对这根柱子时，只能哑口无言，甚至瞠目结舌。我要说明的是，你们看到的不是什么奇迹，而是我对自我的一点坚持。"

智慧感悟

坚持己见源于对自己足够的信心。正确的事情需要你毫不动摇地坚持下去，总有一天，你会让质疑你的人哑口无言。

你是无可替代的

山姆是一个啤酒厂的工人，他的工作很稳定，然而他总是觉得自己一无所长，感到自己比别人差。他总是抱怨上帝不公平，没有赐予他像其他人一样的天赋。在一个晚上，他又坐在经常去的酒吧里发牢骚，一个人拿着两只大小不同的酒杯坐到了山姆的身边，并且将两个酒杯都倒上了酒，问："你能告诉我这两个酒杯有什么区别吗？"

"一个大一个小!"山姆看了一眼说道。

"不过,在我的眼里这两只酒杯一点区别都没有。它们都是用来盛酒的。"那个人看了一眼山姆继续说道,"我已经观察你很长一段时间了,我真的不知道你有什么值得抱怨的。其实,在这个世界上人与人之间存在着差别,就像是这两个酒杯一样有大有小。但是,不管怎样,它们都是要被装上酒才能够体现它的价值和用处。人活在世上也是一样,不管老天爷给予我们什么样的聪明和财富,但是,只有我们努力地活着,才能够体会得出人生的意义所在。"

山姆似懂非懂地望着这个突然走过来的人。

"其实,你也用不着抱怨的,上帝偏爱于这个世界上的每一个人,难道你没有发现自己在这个世界上是多么的重要吗?譬如,你是你孩子唯一的父亲,你给了他生命,甚至一切;你作为丈夫,在你的家庭之中起到的又是怎样的作用啊!如果没有你,我想你的妻子很难一个人将这个家支撑下去;对于你年迈的父母来说,你便是他们全部的寄托和希望啊!你所做的每一件事情,他们都在密切地关注,你成功的时候,他们感到自豪,当你失败的时候,他们也同样为你难过……你看看,你在他们心目之中的位置是多么的重要啊!"那个人语重心长地对山姆说道,"我想你在他们心目之中的位置是别人永远无法替代的。难道不是这样吗?我真的不知道你还有什么好埋怨的。"

听完这番话,山姆感激地对那个好心的陌生人点了点头,怀着一种重生的心情走出了酒吧。从此,山姆再也没有为自己抱怨过。

★☆★ 智慧感悟 ★☆★

每个人都是很重要的。不要因为自己一无所长就自怨自艾,要看重自己的价值,因为你是无可替代的。

自卑的三毛

三毛小时候是一个非常勇敢而又聪明活泼的小女孩，她喜欢体育，常常一个人倒吊在单杠上直到鼻子流出血来。她喜欢上语文课，语文课本一发下来，她只要大声朗读一遍，便能够熟练地掌握其中的内容，有一次她甚至跑到老师那里，很轻蔑地批评说："语文课本编得太浅，怎么能把小学生当傻瓜一样对待呢？"

三毛12岁那年，以优异的成绩考取了台北最好的女子中学——台北省立第一女子中学。在初一时，三毛的学习成绩还行，到了初二，数学成绩一直滑坡，几次小考中最高才得50分，三毛心里很自卑。

然而一向好强的三毛发现了一个考高分的窍门。她发现老师每次出小考题，都是从课本后面的习题中选出来的。于是三毛每次临考，都把后面的习题背下来。这样，一连6次小考，三毛都得了100分。老师对此很怀疑，决定单独测试一下三毛。

一天，老师将三毛叫进办公室，将一张准备好的数学卷子交给三毛，限她10分钟内完成。由于题目难度很大，三毛得了零分，老师对她很是不满。

接着，老师在全班同学面前羞辱了三毛。他拿起蘸着墨汁的毛笔，叫三毛立正，非常恶毒地说："你爱吃鸭蛋，老师给你两个大鸭蛋。"他用毛笔在三毛眼眶四周涂了两个大圆圈，因为墨汁太多，它们流下来，顺着三毛紧紧抿住的嘴唇，渗到她的嘴巴里。老师又让三毛转过身去面对全班同学，全班同学哄笑不止。然而老师并没有就此罢手，他又命令三毛到教室外面，在大楼的走廊里走一圈再回来，三毛不敢违背，只有一步一步艰难地将漫长的走廊走完。

　　三毛对此事耿耿于怀，她觉得自己在学校抬不起头来，于是开始逃学，当父母鼓励她要正视现实、返校继续学业时，她坚决地说"不"，并且自此开始休学在家。

　　休学在家的日子里，三毛仍然不能从这件事的阴影中走出来。当家里人一起吃饭时，姐姐弟弟不免要说些学校的事，这令她极其痛苦。

★★★★★★★★★★ 智慧感悟 ★★★★★★★★★★

　　如果一件非常糟糕的事情已经对我们造成伤害，那么我们反复回忆它，不能忘记它，这无异于在旧伤上又添了新创。

　　人要想活得自信、洒脱，最好的方法便是做个健忘的人。过去的事情就让它过去吧，我们只能做好现在，为未来准备。要时刻记住，我们最重要的一个生活原则是：别让过去成为自己现在的负担。

你本是条龙

　　有一天，著名的成功学专家安东尼·罗宾在自己的办公室里接待了一个走投无路、风尘仆仆的流浪者。

　　那人进门打招呼说："我来这儿，是想见见这本书的作者。"说着，他从口袋中拿出一本名为《自信心》的书，那是安东尼许多年前写的。

　　安东尼微笑着示意流浪者坐下。流浪者激动地说："一定是命运之神在昨天下午把这本书放入我的口袋中的，因为我当时决定跳到密歇根湖，了此残生。我已经看破一切，对一切已经绝望，所有的人（包括上帝在内）都已经抛弃了我。但还好，我看到了这本书，使我产生新的看法，为我带来了勇气及希望，并支持我度过昨天晚上。我已下定决心，只要我能见到这本书的作者，他一定能帮助我再度站起来。现在，我来了，我想知道你能替我这样的人做些什么。"

在他说话的时候，安东尼从头到脚打量着流浪者，流浪者茫然的眼神、沮丧的皱纹、十来天未刮的胡须以及紧张的神态，完全向安东尼显示出，他已经无可救药了。但安东尼不忍心对他这样说。

听完流浪者的故事，安东尼想了想，说："虽然我没有办法帮助你，但如果你愿意的话，我可以介绍你去见本大楼的一个人，他可以帮助你东山再起，重新赢回原本属于你的一切。"安东尼刚说完，流浪者立刻跳了起来，抓住他的手，说道："看在上帝的分上，请带我去见这个人。"

他会为了"上帝的分上"而做此要求，显示他心中仍然存在着一丝希望。所以，安东尼引导他来到从事个性分析的心理试验室里，和他一起站在一块看来像是挂在门口的窗帘布之前。安东尼把窗帘布拉开，露出一面高大的镜子，流浪者可以从镜子里看到自己的全身。安东尼指着镜子说："就是这个人。在这个世界上，只有一个人能够使你东山再起，前提是你坐下来，彻底认识这个人——当作你从前并未认识他，否则，你只能跳进密歇根湖里，因为在你充分认识这个人之前，对于你自己或这个世界来说，你都将是一个没有任何价值的废物。"

流浪者朝着镜子走了几步，用手摸摸自己长满胡须的脸孔，对着镜子里的人从头到脚打量了几分钟，然后退后几步，低下头哭泣起来。过了一会儿，安东尼领他走出电梯间，送他离去。

几天后，安东尼在街上碰到了这个人，不过这一次他不再是一个流浪汉，他西装革履，步伐轻快有力，头抬得高高的，原来那种衰老、不安、紧张的姿态已经消失不见。他说非常感谢安东尼先生让他找回了自己，且很快找到了工作。

后来，那个人真的东山再起，成为芝加哥的富翁。

智慧感悟

很多人缺乏自信，是因为没有从内心真正认识自己，没有看到自

己身上所蕴涵的力量。正如一位著名励志大师所说的那样，"你本是条龙。"相信自己，充分激发出内心的力量，你就可以创造奇迹。

信念的力量

1989 年发生在美国洛杉矶一带的大地震，在不到 4 分钟的时间里，使 30 万人受到伤害。

在混乱和废墟中，一个年轻的父亲安顿好受伤的妻子，便往他 7 岁的儿子上学的学校跑去。他眼前，那个昔日充满孩子们欢声笑语的漂亮的三层教学楼，已变成一堆废墟。

他顿时感到眼前一片漆黑，大喊："阿曼达，我的儿子！"跪在地上大哭了一阵后，他猛地想起自己常对儿子说的一句话："不论发生什么，我总会跟你在一起！"他坚定地挺起身，向那片废墟走去。

他每天早上送儿子上学，知道儿子的教室在一楼左后角，他疾步走到那里，开始动手。

在他清理挖掘时，不断有其他孩子的父母急匆匆地赶来，看到这片废墟，他们痛苦地哭号，带着绝望离开，有些人上来拉住这位父亲：

"太晚了，他们已经死了。"

"这样做无济于事，回家去吧！"

"冷静些，你要面对现实。"

这位父亲双眼直直地看着这些好心人，问道："你是不是来帮助我的？"没人给他肯定的回答，他便埋头接着挖。

救火队长挡住他："太危险了，这里随时可能发生起火爆炸。请你离开。"

这位父亲问："你是不是来帮助我的？"

警察走过来："你很难过，难以控制自己，可这样不但不利于你自己，对他人也有危险，马上回家去吧。"

"你是不是来帮助我的？"

人们都摇头叹息地走开了，认为他精神失常了。

这位父亲心中只有一个念头：儿子在等着我。

他挖了8小时、12小时、24小时、36小时，没人再来阻拦他。他满脸灰尘，双眼布满血丝，浑身上下到处是血迹。到第38小时，他突然听见底下传出孩子微弱的声音："爸爸，是你吗？"

是儿子的声音！父亲大喊："阿曼达！我的儿子！"

"爸爸，真的是你吗？"

"是我，是爸爸！我的儿子！"

"我告诉同学们不要害怕，说只要我爸爸活着就一定会来救我们，因为他说过'无论发生什么，我总会跟你在一起'！"

"你现在怎么样？有几个孩子活着？"

"这里有14个同学，都活着，我们都在教室的墙角。房顶塌下来架了个大三角形，我们没被砸着。我们又饿又渴又害怕，现在好了。"

父亲大声向四周呼喊："这里有14个孩子，都活着！快来人！"

★智慧感悟★

故事的奇迹结局令人庆幸，从中我们也为信念能产生如此大的力量而惊叹。

在人生的很多时期，决定你是否处于最佳状态的因素便是你心中信念的强弱。当你的心灵只为一种可能的结果所占据时，你的心灵将会产生一种魔力。你的思考过程和整个神经系统会将一切的力量都凝聚于促使这个结果产生的行动。

信念会在许多方面影响我们的心理和生理状态，让我们更确定成功的到来。我们的心理和生理会呈现的最佳状态包括：进取心更强、注意力更为集中、力量更大、精力更充沛以及追求胜利的意志和决心更加坚定。

你的未来是州长

美国纽约州第一位黑人州长罗尔斯小时候并不怎么受老师欢迎，跟那里很多孩子一样有着诸多不良习惯：总是口出秽语，还喜欢逃课打架……刚上任的老师奥里森煞费苦心地劝说这些孩子，却像对牛弹琴一样，一点儿效果也没有。

奥里森不希望这些孩子再这样发展下去，便想出了一个绝妙的方法。他知道这里的人们非常迷信，于是在课堂上给孩子们看起了手相。起初孩子们都不太高兴，后来由于看到奥里森对大家手相的推测，一个个将来不是地位显赫就是财大气粗，孩子们也就乐意接受起来。

罗尔斯看到同伴们的命运都如此之好，按捺不住，最终也走上台去，让老师帮自己也看一看。奥里森煞有介事地把这只黑乎乎的小手看了又看，"研究"了好半天，然后认真地说道："你以后一定会是纽约州的州长。"

"这是真的吗？我会是一名州长？"罗尔斯有点不敢相信自己的耳朵。他疑惑地望着老师，从此却在心里暗暗确立了当州长的信念。

从那以后，罗尔斯改掉了自己身上的种种恶习，在他看来一个真正的州长就应该是这样的。一直以来，他心中当州长的念头丝毫没有动摇，他始终朝着自己的目标奋斗着。51岁那年，罗尔斯登上了纽约州第53任州长的宝座。他是有史以来，纽约州的第一位黑人州长。

智慧感悟

一个人的内心如果有信念明灯支撑，那么很多困难也就可以迎刃而解了。海伦·凯勒说过这样一句发人深省的话："当你面对阳光时，影子就被甩在身后；如果你总是背对着阳光，那你将永远淹没于影子之中。"拥有足够坚定的信念，就像面对着阳光一样，那些黑暗的影子就会被甩在身后。

自信如同一盏引导生命的明灯，一个人没有自信，就只能脆弱地活着；反过来讲，信心的力量也是惊人的，它可以改变恶劣的现状，创造令人难以相信的圆满结局。充满信心的人永远击不倒，他们是命运的主人。如果你有强大的自信心去推动你的事业车轮，你必将赢得人生的辉煌。

总之，信念可以创造奇迹，信念能够唤起一个人的自信。无论是谁，只要把信念牢牢地根植于心，就能够克服重重困难，实现自己的理想。

自信和坚持

史蒂夫是美国当代最伟大的推销员。在成功之前，他经历了许多次失败。

史蒂夫的推销生涯，是从一家报社的广告业务员起步的。他从一开始便采取了与别的业务员截然不同的推销方式：别人总是哪儿容易拉到广告就往哪儿跑，史蒂夫却专门给自己列了一份别人都招揽不成功的客户的名单，作为自己的业务对象。而在正式去见这些客户前，史蒂夫总要先来到报社边上的一个公园里，把过后要拜访的客户的名字念上100遍，然后对自己说："在本月之内，你将向我购买广告的版面！"

当然，实际情况远不是那么轻松简单。曾有一位商人，不管史蒂夫如何做工作，在第一个月里，他每次都一口拒绝买史蒂夫的广告版面。为此，在第二个月里，每天早晨那位商人的商店开门后，史蒂夫就进去邀请这位商人在自己所在报社的报纸上做广告，而每次那位商人态度坚决地回答"不"之后，史蒂夫就默默离开，第二天再继续前去……就这样，在这个月的最后一天，那位已经接连对史蒂夫说了30天"不"的商人，终于忍不住向史蒂夫道："你已经浪费了整整一个月的时间来让我买你的广告版面，我很想知道，你究竟为什么要这样做呢？"

史蒂夫却回答说："不，我并没有浪费时间。这一个月中，我相当于是在上学，而你就是我的老师——你一直在训练我的自信。"

听了史蒂夫的话，那位商人点了点头，感慨道："哦，我也得向你承认，这一个月时间里，我也等于是在上学，而我的老师则是你——你已经教会了我坚持到底这一课。毫无疑问，对我来说这是比金钱更有价值的，因此，为了向你表示我的感激，我决定买你的一个广告版面，当作我付给你的学费。"

史蒂夫就这样成功了。

★智慧感悟★

法国大作家雨果认为，所谓活着的人，就是不断挑战的人，不断攀登命运险峰的人。不过，挑战是要有具体目标的，这就要求我们在一次次挫败中认准它、坚守它，并且用自信心为我们扫除前进的障碍。

给自己一面旗帜

一天晚上，一位名叫杰克的青年站在一条河边，一脸忧郁。

这天是他30岁生日，可他不知道自己是否还有活下去的必要。因为杰克从小在福利院里长大，身材矮小，长相也不漂亮，讲话又带着浓厚的法国乡下口音，他一直很瞧不起自己，认为自己是一个既丑又笨的乡巴佬，连最普通的工作都不敢去应聘。

就在杰克犹豫着是否应该结束自己的生命的时候，与他一起在福利院长大的好朋友汤姆兴冲冲地跑过来对他说："杰克，告诉你一个好消息！"

"好消息从来不属于我。"杰克一脸悲戚。

"不，我刚刚从收音机里听到一则消息。拿破仑曾经丢失了一个孙子。播音员描述的相貌特征，与你丝毫不差！"

"真的吗，我竟然是拿破仑的孙子？"杰克一下子精神大振。联想到爷爷曾经以矮小的身材指挥着千军万马，用带着泥土芳香的法语发出威严的命令，他顿时感到自己矮小的身材同样充满力量，讲话时的法国口音也带着几分高贵和威严。

第二天一大早，杰克满怀信心地来到一家大公司应聘。

20年后，已成为这家大公司总裁的杰克，查证出自己并非拿破仑的孙子，但这早已不重要了。

智慧感悟

榜样的力量是无穷的。朋友的一句话，帮杰克找回了自信，从而改变了他一生的轨迹。当你觉得自卑和沮丧的时候，不妨为自己找一个伟人做榜样。这样可以帮你走出自卑的阴影，重新找回自信和勇气。

黑气球也能升空

美国著名心理医生基恩博士曾在哈佛作过一次演讲，讲起他小时候经历的一件触动心灵的事：

一天，几个白人小孩正在公园里玩，这时，一位卖氢气球的老人推着货车进了公园。白人小孩一窝蜂地跑了过去，每人买了一个，兴高采烈地追逐着放飞在天空中色彩艳丽的氢气球。公园的一个角落里坐着一个黑人小孩，他羡慕地看着白人小孩在那里嬉戏，却不敢过去和他们一起玩，因为他很自卑。白人小孩的身影消失后，他才怯生生地走到老人的货车旁，用略带恳求的语气问道："您可以卖一个气球给我吗？"老人用慈祥的目光打量了他一下，温和地说："当然可以，你要什么颜色的？"小孩鼓起勇气回答："我要一个黑色的。"脸上写满沧桑的老人惊诧地看了看黑人小孩，给了他一个黑色的氢气球。

黑人小孩开心地拿过气球，小手一松，黑色气球在微风中冉冉升起，在蓝天白云的映衬下形成了一道别样的风景。

老人一边眯着眼睛看气球上升，一边用手轻轻地拍了拍黑人小孩的后脑勺，说："记住，气球能不能升起，不是因为它的颜色、形状，而是因为气球内充满氢气。一个人的成败不是因为种族、出身，关键是你的心中有没有自信。"

那个黑人小孩便是基恩博士自己。

★智慧感悟★

生活对于任何人而言皆非易事，我们必须拥有坚忍不拔的精神，最要紧的是，我们必须拥有自信。我们必须相信，自己对一件事情具有天赋的才能，并且，无论付出什么代价，都要把这件事情完成。当做成这件事情的时候，你会发现：如果你的信念依然能够站立，就没有人能使你倒下。

伯杰的回报

19 岁的伯杰是一个富商的儿子。一天晚餐后，伯杰正在欣赏深秋美妙的月色。突然，他看见窗外的街灯下站着一个和他年龄相仿的青年，那青年身穿一件破旧的外套，清瘦的身材显得很羸弱。

他走下楼去，问那青年为何长时间地站在这里？

青年忧郁地对伯杰说："我有一个梦想，就是自己能拥有一座宁静的公寓，晚饭后能站在窗前欣赏美丽的月色。可是这些对我来说简直太遥远了。"

伯杰说："那么请你告诉我，离你最近的梦想是什么？"

"我现在的梦想，就是能够躺在一张宽敞柔软的床上舒服地睡上一觉。"

伯杰拍了拍他的肩膀说："朋友，今天晚上我可以让你梦想成真。"

于是，伯杰领着他走进了富丽堂皇的公寓。然后把他带到自己的房间，指着那张豪华的软床说："这是我的卧室，睡在这儿，保证像天堂一样舒适。"

第二天清晨，伯杰早早就起床了。他轻轻推开自己卧室的门，却发现床上整整齐齐的，分明没有人睡过。伯杰疑惑地走到花园里，发现那个青年正躺在花园的一条长椅上甜甜地睡着。

伯杰叫醒了他，不解地问："你为什么睡在这里？"

青年笑笑说："你给我这些已经足够了，谢谢！"说完，青年头也不回地走了。

30年后的一天，伯杰突然收到一封精美的请柬，一位自称是他"30年前的朋友"的男士邀请他参加一个湖边度假村的落成典礼。

在典礼上，他看到了即兴发言的庄园主。

"今天，我首先要感谢的就是在我成功的路上，第一个帮助我的人。他就是我30年前的朋友——伯杰……"

说着，他径直走到伯杰面前，并紧紧地拥抱了他。

此时，伯杰才恍然大悟。眼前这位名声显赫的大亨特纳，原来就是30年前那位贫困的青年。

★智慧感悟★

1970年诺贝尔经济学奖得主萨缪尔森教授认为："人们应当首先认定自己有能力实现梦想；其次才是用自己的双手去建造这座理想大厦。"自信与自立是成功必备的要诀。

没有人比你更相信你自己

乔治·邦尼是一个经营着小本买卖的本分的美国人，几年前，他和妻子拥有平凡而殷实的普通生活。然而，他觉得仍然不够理想，因为他们没有多余的钱去买他们想要的东西，他的妻子尽管没有抱怨，但显然并不满足。当他意识到爱妻和他的两个孩子并没有过上好日子的时候，邦尼心里感到深深的刺痛。

但是今天，一切都有了极大的变化。现在，邦尼有了一所占地两英亩的漂亮新家，他和妻子再也不用担心是否有足够的钱送他们的孩子上一所好的大学了，他的妻子在买衣服的时候也不再顾虑重重。下一年夏天，他们打算去欧洲度假。邦尼一家过上了真正幸福的生活。

邦尼说："这一切的发生，是因为我利用了信念的力量。5 年以前，我听说在底特律有一个经营农具的工作。那时，我们还住在克利夫兰。我决定试试，希望多挣一点钱。我到达底特律的时间是星期天的早晨，但公司与我面谈还得等到星期一。晚饭后，我坐在旅馆里静思默想，突然觉得自己如此可憎。'这到底是为什么？'我问自己，'失败为什么总属于我呢？'"

邦尼不知道那天是什么促使他做了这样一件事：他取了一张信笺，写下几个他非常熟悉的、在近几年内远远超过他的人的名字。他们取得了更大的权力和工作职责，其中两个原是邻近的农场主，现已搬到更好的地区去了，其他两个朋友曾经为他们工作过，最后一位则是他的妹夫。

邦尼问自己：这5位朋友拥有的优势是什么呢？他把自己的智力与他们的智力作了一个比较，邦尼觉得他们并不比自己更聪明，而他们所受的教育，他们的正直、个人习性等，也并不拥有任何优势。终于，邦尼想到了另一个成功的因素，即主动性。邦尼不得不承认，他的朋友们在这一点上胜他一筹。

当时已经快深夜3点钟了，但邦尼的脑子还十分清醒。他第一次发现了自己的弱点。他深深地挖掘自己，发现自己缺少主动性是因为在内心深处，他并不看重自己。

邦尼坐着度过了残夜，回忆着过去的一切。从记事起，邦尼便缺乏自信心，他发现过去的自己总是在自寻烦恼，总对自己说不行、不行、不行！他总在表现自己的短处，几乎他所做的一切都表现出了这种自我贬低。

终于邦尼明白了：如果自己都不信任自己的话，那么将没有人信任你！

第二天上午，邦尼保持着那种自信。他暗暗以这次与公司的面谈作为对自己自信心的第一次考验。在这次面谈以前，邦尼希望自己有勇气提出比原收入高750美元甚至1000美元的要求。但经过这次自我反省后，邦尼认识到了自己的自我价值，因而把最后的薪资期望定为3500美元。结果，邦尼达到了目的，他获得了成功。

★★★★★ 智慧感悟 ★★★★★

自信是摘取成功硕果的手杖，突破自我需要勇气，然而这勇气常常是伴随着信心而生。没有人能打败你，除了你自己！

第二章

自强：我要飞得更高

"如果我们感到可怜，很可能会一直感到可怜。"怜悯自己是意志薄弱的表现，一个自立自强的人的精神力量是无穷的，为了支配自己的命运，我们要做一个精神上的强者。要记住：人有时会出现体力完全耗尽的情况，可精神力量会在他身上激发新的活力，使他继续像斗士一样生活。唯有自强不息，战胜自己，超越自己，才不枉此生。

在命运的裂隙中拥抱生命

岩石长年累月地经受风侵雨蚀，裂开了一道缝儿。

一粒草籽落到岩缝儿里来。

岩石说："孩子，你怎么到这儿来了？这里太贫瘠了，养不活你啊！"

种子说："老妈妈，别担心，我会长得很好的。"

经过阵阵春雨的滋润，种子从岩缝儿里冒出了嫩芽。

阳光温暖地照耀着它，春风柔和地轻拂着它，雨露更不断地给这不平凡的幼芽以最慈爱的关怀和哺育。

小草渐渐长大了，长得很健康、很结实。

岩石高兴地说："孩子，你真不错！你是倔强的，是值得我们骄傲的！"它用自己风化了的尘泥，把小草的根拥抱得更紧了。

一个诗人走过，看见了从岩缝儿里长出来的小草，不禁欣喜地吟咏道："啊！小草的生命多么顽强，我要千百遍地赞美它。"

小草谦逊地说："值得赞美的不是我，而是阳光和雨露，还有紧抱着我的根的岩石妈妈。"

★智慧感悟★

命运是强势的，它不容你谈判就降临。然而，改变命运的主动权掌握在强者的手中。即使生命被抛落在狭窄的缝隙中，强者也不会抱怨，他会顽强抗争，在命运的夹缝中高昂着他高贵的头颅。

让自己变得强大

一位搏击高手参加比赛，自负地以为一定可以夺得冠军。不料在最后的比赛中，他遇到了一个实力相当的对手。双方都竭尽全力出招攻击，搏击高手警觉到，自己竟然找不到对方招式中的破绽，而对方的攻击往往能够突破自己的防守，最后，搏击高手没有夺得冠军。

他愤愤不平地回去找他的教练，在教练面前，一招一式地将对方和他对打的过程再次演练给教练看，并央求教练帮他找出对方招式中的破绽。

教练笑而不语，在地上画了一道线，要他在不擦掉这条线的情况下，设法让这条线变短。搏击高手苦思不解，最后只得请教练明示。

教练在原先那条线的旁边，画了一道更长的线，两者比较之下，原先的那条线看起来就短了。

教练开口道："夺得冠军的重点，不在于如何攻击对方的弱点。正如地上的长短线一样，只要你自己变得更强，对方也就如原先的那条线一般，在无形中变得较弱了。使自己变得更强，才是你现在需要做的。"

★ 智慧感悟 ★

成功不能寄希望于投机取巧，唯一的办法就是让自己变得强大。只有变得比对手强大，才能不被淘汰。

屈辱下诞生的奇迹

青年时期的司马迁怀揣父亲的遗愿，欲写出一部叙述古今兴衰成败的史书，他游历名山大川，广泛搜集史料。正当一切准备就绪，司马迁要着手著述《史记》的时候，一场大祸从天而降。由于他执意为投降匈奴的大将李陵求情，汉武帝大怒，降罪于司马迁，处之以宫刑！

宫刑作为中国古代五刑之一，虽然不至于危及生命，却是刑罚中最卑贱的一种，是比死还要可怕的奇耻大辱。此时，司马迁精神上的巨大痛苦远远超过肉体。屈辱和悲愤深深地折磨着他，他真的不愿意再活下去了。但他总觉得有什么东西在撞击着心灵，使他有难以割舍之感。是什么呢？是父亲的遗愿，也是他毕生的追求——《史记》。司马迁感到《史记》已酝酿成熟，正躁动于心中，为了这部亘古未有的鸿篇巨制，他不能死！

司马迁毅然抛开了自杀的念头，决心隐忍苟活，完成著书大业。他的苟且偷生招致许多轻蔑、讥讽的目光，每每想到这种耻辱，司马迁只有把无限的愤懑和痛苦灌注到笔端，夜以继日，勤奋著书。

大约公元前90年，辉煌的巨著《太史公书》（即《史记》），终于完成。这时，司马迁已年近60岁了。他写作《史记》，从公元前108年任太史令算起，前后近20年。如果把他20岁开始的实地采访以及后来的删订、修改时间加在一起，足有40年之久，耗费了他毕生的心血。

司马迁与他的《史记》为我们树立了不朽的精神丰碑。这位饱经命运磨难的大师，依靠一种常人难以想象的自强不息的精神，了却毕生夙愿，也为世界留下了这笔珍贵的文化遗产。

★智慧感悟★

谁没有遭受过挫折，谁没有遇到过逆境，但有几人曾承担屈辱而不放弃？屈辱有如人生的低谷，是生命的暗夜，不曾经历过的人，便无法体会自强的意义。

贫民窟中走出的"王者"

泰格·伍兹出身贫寒，小时候，他们一家人住在贫民区的一所破房子里。他有7个兄弟姊妹，还有一个表妹和一个堂兄寄居在他家里。因为长得特别瘦弱，伍兹时常感冒发烧。他似乎缺乏学习的天赋，学习成绩是8个孩子中最差的。有一天，他看到介绍有史以来最伟大的高尔夫球运动员尼克劳斯的电视节目，他的心一下子被打动了，他暗下决心一定要像尼克劳斯一样，当一名伟大的职业高尔夫球运动员！

他请求父亲给他买高尔夫球和球杆。父亲说："孩子，我们玩不起高尔夫球，那是富人们玩的。"他不依，吵着要。母亲抱着他，朝父亲喊："我相信他，他一定会成为优秀的高尔夫球手！"说完，母亲转过来，柔声说："儿子，等你成为高尔夫球手后，就给妈妈买栋别墅，好吗？"他睁着那双大眼睛，朝母亲郑重地点了点头。

父亲为他制作了一根球杆，然后在家门口的空地上挖了几个洞。伍兹每天都用捡来的球玩上一会儿。

升入中学后，他遇到了后来改变他一生的体育老师里奇·费尔曼。费尔曼发现了这个黑人少年的天赋，于是建议他到高尔夫球俱乐部去练球，并帮他支付1/3的费用。泰格·伍兹没有辜负费尔曼的期望，仅仅3个月，他就成了奥兰多市少年高尔夫球的冠军。

高中毕业后，他幸运地被斯坦福大学录取了。暑假期间，伍兹的一个要好的同学来玩，说他哥哥所在的旅游公司有一艘豪华游轮正在招服务生，薪水很高，每周有600美元，问伍兹是否有意应聘。伍兹动心了，家里仍然贫穷，他觉得自己应该像个男人一样去挣钱养家。

一个星期后费尔曼来到他家，说帮他联系了一家高尔夫球俱乐部，准备带他去报名。小伙子不好意思地告诉老师，他打算去工作了。费尔曼沉吟半晌，然后问他："我的孩子，你的梦想是什么？"

他愣了一下，似乎有些措手不及。过了好久，他红着脸嗫嚅道："当一个像尼克劳斯一样的高尔夫球运动员，给母亲买一栋漂亮的别墅。"

费尔曼听完，盯着他的眼睛高声叫道："你现在就去工作，那么，你的梦想呢？你马上就可以每周挣600美元了，很了不起！但是，你的梦想只值每周600美元吗？每周600美元能买得起别墅吗？"

18岁的伍兹被老师的话震惊了，他呆呆地坐在屋子里，心里反复默念着这句话。突然，曾经的梦想如闪电般穿过脑海，血脉贲张的感觉瞬间流遍全身："我的梦想是成为像尼克劳斯一样伟大的高尔夫球运动员，我的梦想是为母亲买一栋别墅！"

那个假期，他自觉地投入到训练中去。在当年的全美业余高尔夫球大奖赛上，他成为有史以来该项赛事最年轻的冠军。

3年后，他成为一名职业高尔夫球手。

伍兹是迄今为止最伟大的高尔夫球运动员，他正创造着高尔夫球的神话：1999年，他成为世界排名第一的高尔夫球手；2002年，他成为自1972年尼克劳斯之后连续获得美国大师赛和美国公开赛冠军的首位选手；从1996年出道至今，他总共获得39个PGA赛事冠军，其中8次大满贯锦标。人们送给伍兹一个"老虎伍兹"的雅称。他不但实现了对母亲的誓言，也实现了自己的梦想。

★★★★★★★
智慧感悟
★★★★★★★

　　伍兹的成功在于他身处逆境而能够始终不忘自己的梦想。如果你也身陷困境，一定要做自己的主人，坚持自己的梦想。否则，你只能在失败的怪圈中苦苦挣扎。梦想是一个人内心最坚定的信念，也是崇高的信仰，更是巨大的热情推动力，坚守梦想才会有不期而遇的成就。

做自己的上帝

　　一位贫穷的工人在帮主人搬运东西时，不小心打破了一个花瓶。主人看见后，要求他赔偿，但他只是个一贫如洗的工人，哪里赔得起这么昂贵的花瓶？

　　苦恼的工人只好到教堂，向神父请教解决的办法。

　　神父听完工人的倾诉后，对他说："听说有一种能将碎花瓶粘好的技术，不如你去学习这种技术，然后将这个花瓶修补、复原，事情不就解决了？"

　　工人听完却摇了摇头，说："哪有这么神奇的技术？要把这个碎花瓶粘得和原来一样，根本是不可能的事。"

　　神父指引他说："这样吧！教堂后面有一个石壁，上帝就待在那里，只要你对着石壁大声说话，上帝便会答应你的要求，去吧！"

　　于是，工人来到壁前，大声对着石壁说："上帝，请您帮帮我，只要您愿意帮助我，我相信，我一定能将花瓶粘好！"

　　工人的话一说完，上帝便立即回应他："一定能将花瓶粘好！"

工人真的听见了上帝的承诺，于是，他充满自信地向神父辞别，去学习复原花瓶的技术了。

一年以后，经过认真学习与不懈努力，他终于学会了修补碎花瓶的技术。他用学来的知识将农场主人的花瓶复原得天衣无缝，令人赞叹！

这天，他将花瓶送还给主人后，再次来到教堂，准备向上帝道谢，谢谢上帝给予的协助与祝福。

神父将他再次带到教堂后面的石壁前，笑着对诚恳的工人说："其实，你不必感谢上帝。"

工人不解地看着神父："为什么？要不是上帝，我根本无法学会修补花瓶的技术啊！"

神父笑着说："其实，你真正要感谢的人，是你自己啊！因为，这里根本就没有上帝，这块石壁具有回音的功能，当时你听到的'上帝的回答'，其实就是你自己的声音啊！而你，就是你自己的上帝。人要勇敢地做自己的上帝，因为真正能主宰自己命运的人，不是别人而是我们自己。"

智慧感悟

与其依靠他人来成功，还不如自力更生。挫折在每个人的一生中都不会陌生，重要的是我们在逆境中仍能相信自己，坚持做自己命运的主宰。

找到你的"天赋"

台湾著名漫画家朱德庸，25 岁就红透宝岛，《双响炮》《涩女郎》《醋溜族》等作品非常畅销。令人意想不到的是，小时候的朱德庸却是一个"差生"。

在学生时期，他一直认为自己非常笨。读中学的时候，朱德庸完全没有办法接受刻板的"填鸭式"教育方式，他像个皮球一样被许多学校踢来踢去，就连最差的学校也不愿意招收他。

最初，他也像老师们一样认为自己非常笨。十几岁以后他才明白，自己不是笨，是有学习障碍。他发现自己天生对文字反应迟钝，但对图形很敏感。

谈到求学时的痛苦经历，朱德庸说："我的求学过程非常悲惨！学习障碍、自闭、自卑，只有画画能使我快乐。"画画是唯一能让朱德庸感到放松的事情。他说："外面的世界我没法待下去，唯一的办法就是回到自己的世界，因为这个世界里有我的快乐。在学校里受了老师的打击，我敢怒不敢言，但一回到家我就画他，狠狠地画，让他死得非常惨，然后自己心情就会变好了。"

他的父母为此伤透了脑筋，也吃了很多苦头，时常被老师叫到学校去，听老师训话，还时常要带着朱德庸到各个学校去看人家的脸色，求人家收留这个学生。幸运的是，他们从不给朱德庸施加压力，一直任他自由发展。他的爸爸经常会裁好白纸，整整齐齐地订起来，给他做画本。

朱德庸后来回忆说："如果我的父母也像学校老师一样逼我学习，那我肯定要死……每个人都有天赋，但是有些人的天赋被他们的家长或者被社会的习惯意识遮盖了，进而就丧失了。"在这一点上朱德庸很感谢自己的父亲，在他小时候非常想画画又总拿着笔画个不停的时候，他的父亲没有阻止他，而是支持了他。

关于天赋，朱德庸有非常精彩的见解：

"我相信，人和动物是一样的，每个人都有自己的天赋，比如老虎有锋利的牙齿，兔子有高超的奔跑、弹跳力，所以它们能在大自然中生存下来。人也是一样，不过是很多人在成长过程中把自己的天赋忘了，就像有的人被迫当了医生，而他可能是怕血的，那他不会快乐。人们都希望成为老虎，而这其中有很多只能是兔子，久而久之，就成了四不像。我们为什么放着很优秀的兔子不当，而一定要当很烂的老虎呢？社会就是很奇怪，本来兔子有兔子的本能，老虎有老虎的本能，但是社会强迫所有的人都去做老虎，结果出来一批烂老虎。我还好，天赋或者说本能，没有被掐死。"

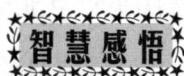

★ 智慧感悟 ★

什么是天赋？天赋是指上天赋予我们的才能，这种才能是与生俱来的，而且还是与众不同的。

天赋的表现形式各不相同，因而我们也就无法称此种天赋比彼种天赋要好。只要能够善加利用，你将变得无比强大。

一双破旧的皮鞋

诺贝尔物理学奖获得者亨利·布拉格虽然家庭生活极为贫困，但是在父亲的支持下，他始终没有放弃读书。布拉格学习非常刻苦，他懂得，只有努力学习，在考试时取得优异的成绩，才对得起父母的辛勤劳作以及他们对自己的厚望。正是凭借着优秀的成绩，布拉格才在小学毕业之后被保送到威廉皇家学院读书。

威廉皇家学院是英国一座很有名气的学府，在这里读书的大部分都是富贵人家的子弟，因而他们的穿着打扮都很时髦。与这些富家子弟相比，布拉格的打扮就显得极为寒酸了。尤其是他脚底下穿的那双破旧的皮鞋，在校园里更是引人注目。对于瘦小的他来说，那双鞋子穿在他脚上显得极不合适，明显是太大了，因为这本是他父亲穿的鞋子，父亲没钱给他买新鞋，只好把自己的鞋送给了儿子。同学们见他这一身打扮，都向他投去鄙夷的目光，甚至像躲避瘟疫一样躲避着布拉格。有的坏学生还向校长打报告，诬陷布拉格偷了别人的东西。校长听到此事以后，就把他叫到了办公室。

一见到布拉格进来，校长就非常严厉地问道："布拉格，有人说你拿了其他同学的东西，是不是有这回事？"听到校长问出这样的话，布拉格心里马上明白了是怎么回事，但是他什么也没说，而是强忍着一肚子的委屈和怨气，把爸爸写给他的一封信递给校长。校长打开信，只见上面写道："亲爱的儿子，很抱歉，让你穿着爸爸的鞋子去上学，我知道你会受到他人的嘲笑。但我相信，你是一个自强的好孩子，你不会因此而感到耻辱。你会努力去学习知识，等到你有了成就的那一天，你就会为曾穿过这样一双鞋子而感到骄傲和自豪的……"

校长读完这封信，不由得深受感动。他拍着布拉格的肩膀，用道歉的语气说道："布拉格，是我误会你了，我相信你会记住爸爸的话的，你一定要做个自强的好孩子。"

从那以后，布拉格依旧穿着爸爸那双旧皮鞋，他比以前更加努力学习。由于成绩优异，后来他被保送到剑桥大学去深造。经过不懈的努力，布拉格在24岁那年就当上了大学教授，并最终成为一位举世闻名的物理学家。

★智慧感悟★

贫穷不是卑贱的理由，真正的高贵源于自强不息的灵魂。外表与家境只是上天对你初始的眷顾，但这并不能成为它一直偏爱你的资本，只有自强奋斗的人才会得到它最终的青睐。

训练儿子当总统的父亲

美国总统约翰·肯尼迪的父亲从小就注意对儿子独立性格和精神的培养。有一次他赶着马车带儿子出去游玩，在一个拐弯处，因为马车速度很快，小肯尼迪被甩了出去。当马车停住时，小肯尼迪以为父亲会下来把他扶起来，但父亲竟然坐在车上悠闲地掏出烟吸起来。

小肯尼迪叫道："爸爸，快来扶我。"

"你摔疼了吗？"

"是的，我感觉自己站不起来了。"小肯尼迪带着哭腔说。

"那也要坚持站起来，重新爬上马车。"

小肯尼迪挣扎着自己站了起来，摇摇晃晃地走近马车，艰难地爬了上来。

父亲晃动着鞭子问："你知道我为什么让你这么做吗？"

小肯尼迪摇了摇头。

父亲接着说："人生就是这样，跌倒、爬起来、奔跑，再跌倒、再爬起来、再奔跑。在任何时候都要靠自己，没人会去扶你的。"

从那时起，父亲就更加注重对小肯尼迪的培养，如经常带着他参加一些大的社交活动，教他如何向客人打招呼、道别，与不同身份的客人应该怎样交谈，如何展示自己的精神风貌、气质和风度，如何坚定自己的信仰，等等。有人问他："你每天要做的事情那么多，怎么有耐心教孩子做这些鸡毛蒜皮的小事？"谁料约翰·肯尼迪的父亲一语惊人："我是在训练他做总统。"

★☆★☆★☆★☆★☆★
智慧感悟

凡事都要靠自己，这是一种气魄，也是一种能力。青少年现在或许还不具备这种能力，但不可缺少这种气魄。能力可以慢慢培养，但依靠自己的信心不能动摇，这就是自强。

老师的眼泪

这是一位现在某高等学府就读的本科生讲述的故事：

上高中的时候，我们班只是普通班，相较于由尖子生组成的6个实验班，我们班的学生考上大学的机会不多。因此除了几个学习好的同学很努力外，大多数人都等着混个文凭，然后找份工作。我们的班主任兼英语老师是个刚从师范学院毕业的学生，他非常敬业，每天催着我们学习学习再学习。但是说归说，由于抱着破罐破摔的想法，我们的成绩仍然上不去，在全校各科考试中屡屡落败。

直到高二的一次英语联考，我们班的成绩破天荒地超过了几个实验班，这让我们接连兴奋了好几天。

发卷的时候，老师平静地把卷子发给我们。我们正欣喜地看着自己几乎从没得过的高分，老师说："请同学们自己计算一下分数。"数着数着，我的分竟比实际分数高出20分。同学们也纷纷喊了起来：

"老师怎么给我们多算了20分?"课堂上乱了起来。

老师摆了摆手,班上静了下来。他郑重地说:"是的,我给每位同学都多加了20分,这是我为自己的脸面也是为你们的脸面多加的20分。老师拼命地教你们,就是希望你们为老师争口气,让老师不要在别的老师面前始终低着头,也希望你们不要在别班同学的面前总是低着头。"老师接着说,"我来自山村,我的父母都去世得早。上中学时我连红薯、土豆都吃不起;大学放暑假,我每天到建筑工地拉砖,曾因饥饿而晕倒,但我就是凭着一股要强的精神上完师院。生活教会我在任何时候都不能服输,而你们只不过被分在普通班就丧失了信心,我很替你们难过。"

这时候教室里安静极了,同学们都低下了头。老师继续说:"我希望我的学生也做要强的人,任何时候都不服输!现在还只是高二,离高考还有一年多的时间,努力还来得及,愿你们不用靠老师弄虚作假就能拿到足够的分数,让老师能把头抬起来,继续要强下去。"

"同学们,拜托了!"说完,老师低下头,竟给我们深深地鞠了一躬。当他抬起头的时候,我们看到他的眼角流出了泪水。

"老师!"班里的女生们都哭了起来,男生的眼里也噙满了泪水。

那一节课,我们什么也没有学。但一年后的高考,我们以普通班的身份夺得了全校高考第一名。据校长讲,这在学校的历史上是从未有过的。

我们每一个学生都记住了老师的眼泪。

★智慧感悟★

没有哪一种人天生就是弱者,没有哪一种生活是原本就该如此的。永不放弃的精神,是战胜一切的武器。

没有不带伤的船

英国劳埃德保险公司曾从拍卖市场买下一艘船，这艘船原属于荷兰福勒船舶公司。它 1894 年下水，在大西洋上曾 138 次遭遇冰山，116 次触礁，13 次起火，207 次被风暴扭断桅杆，然而它从没有沉没过。

劳埃德保险公司老板犹太人劳伦斯基于它不可思议的经历及在保费方面带来的可观收益，最后决定把它从荷兰买回来捐给祖国以色列。现在这艘外壳凹凸不平、船体微微变形的船就停泊在以色列国家船舶博物馆里。

不过，使这艘船名扬天下的并非劳埃德公司，而是一名来观光的犹太律师。当时，他刚打输了一场官司，委托人于不久前自杀了。尽管这不是他的第一次失败辩护，也不是他遇到的第一例自杀事件，然而，每当他遇到这样的事情，他总有一种负罪感。他不知该怎样安慰这些在生意场上遭受了不幸的人，这些人有的被骗，有的被罚，他们或者血本无归，或者倾家荡产，也有的因打输了官司，落得债务缠身。

当他在船舶博物馆看到这艘船时，忽然有一种想法，为什么不让他们来参观参观这艘船呢？于是，他把这艘船的历史抄下来和这艘船的照片一起挂在他的律师事务所里。每当商界的委托人请他辩护时，无论输赢，他都建议他们去看看这艘船。据英国《泰晤士报》说，截止到 1987 年，已有 1230 万人次参观过这艘船，仅参观者的留言就有 170 多本。

也许我们大多数人都没有去过以色列，也不知道这些参观者在留言簿上写了些什么，但有一点似乎是不能少的——那就是，在大海上航行的没有不带伤的船。

一艘航船，只有经历过风暴、触礁等危险才可到达彼岸；一块璞玉，只有经过工匠的细心打磨和雕琢才能展露风华。

沿着篱笆行走

一次火灾中，一个小男孩被烧成重伤。虽然经过医院全力抢救，小男孩脱离了生命危险，但他的双腿失去了知觉。医生悄悄地告诉他的妈妈，这孩子以后只能永远坐在轮椅上了。

一天，天气十分晴朗。妈妈推着男孩到院子里呼吸新鲜空气，然后有事离开了。阳光明媚，万物都充满生机，一股强烈的冲动从男孩的心底涌起：我一定要站起来！他奋力推开轮椅，拖着无力的双腿，用双手支撑着在草地上匍匐前进，一步一步地爬到了篱笆墙边。然后，他挣扎着扶着篱笆站起来，艰难地靠着篱笆向前走，没走几步，汗水从额头滚滚而下，他停下来喘口气，咬紧牙关又拖着双腿再次出发，直到篱笆墙的尽头。

就这样，每一天男孩都会抓紧篱笆墙练习走路。可时间一天天过去，他的双腿仍然没有任何知觉。男孩不甘心一辈子都被困在轮椅上，他一次次握紧拳头告诉自己：我一定要靠自己的双腿来行走。在一个清晨，当他再次拖着无力的双腿紧紧抓着篱笆行走时，一阵钻心的疼痛从下身传来。那一刻，他惊呆了，狂喜地一遍遍走着，尽情地享受着别人难以忍受的钻心般的疼痛。

从那以后，男孩的身体恢复得很快。先是能够慢慢地站起来，扶着篱笆走上几步，渐渐地可以独立行走，直到有一天，他竟然在院子里跑了起来。自此，他的生活与一般的男孩子再无两样。到他读大学的时候，他还被选进了学校田径队。

他就是葛林·康汉宁博士，那个曾经跑出全世界最好的短跑成绩的人。

★智慧感悟★

人类最可怕的敌人其实是人类自身。

厄运压不垮强者，只会使他们更加坚毅。我们的未来将由自己的意志、自己的努力来决定，绝不能因为一时的挫败而将命运的主宰权拱手让位于不幸。

我们应当永远相信，命运给予我们的不是失败之酒，而是机会之杯。但这个杯子中究竟要装什么，就在我们的掌握之中了。

画出自己的一片天空

台湾著名漫画家蔡志忠在自己 15 岁上初中二年级时，就带着投漫画稿赚来的 250 元稿费，到台北画漫画、闯天涯。他很快就面临着没有大学文凭的问题，他打算到著名的制作电视节目的光启社求职，但看到招聘广告上"大学相关科系毕业"一项条件，他立即就傻眼了。不过他仍相信自己的实力，没有理会这项学历限制而直接参加了应聘考试。结果他击败了另外29名应聘的大学毕业生，进入了光启社。

蔡志忠后来在漫画界的表现如异军突起，尤其是他的"庄子说""老子说"系列更译成多国文字在国外出版，他曾一度是全台湾纳税额最高的一位作家，他本人颇以此为荣！

在连初中都没念完的情况下，是什么使他有勇气踏入这个文凭至上的社会呢？他说："做人最重要的就是要了解自己，我喜欢画画，我相信我能在这条路上走出自己的一片天地。"有人适合做总统，有人适合扫地，如果适合扫地的人以做总统为人生目标，那只会一生痛苦不堪，受尽挫折。而蔡志忠就是适合当一个漫画家。他从小就知道自己有绘画才能，所以从15岁就开始画，尽早地画，不停地画，最终画出了自己的一片天空。

★智慧感悟★

造物主给了每个人一份与众不同的天赋，只不过有的人是艺术天才，有的人是商业领袖，还有的人可以成为杰出的政治家。

只要你找到了上帝赐予你的那一份天赋，那么你就在成功的道路上迈进了巨大的一步。

长大后的愿望

一个男孩跟着当马术师的父亲走南闯北四处谋生。由于四处奔波，他求学并不顺利，成绩也不理想。有一天，老师要全班同学写作文，题目是《长大后的志愿》。那一晚，男孩洋洋洒洒写了5张纸，描述了他的伟大志愿：长大后，我想拥有自己的农场，在农场中央建造一栋占地5000平方米的住宅，拥有很多很多的牛羊和马匹。

当第二天他把作业交上去时，老师给他打了一个又红又大的F，还叫他下课后去见他。

"老师，为什么给我不及格？"他不解地问老师。

"我觉得，你的愿望是不切实际的。你敢肯定长大后买得起农场吗？你怎么能建造5000平方米的住宅？如果你肯重写一个志愿，写得实际点，我会考虑给你重新打分。"老师回答说。

男孩回家后询问父亲。父亲见他犹豫不决，语重心长地说："儿子，这是个非常重要的决定。我认为，拿个大红的F不要紧，但绝不能放弃自己的梦想。"

儿子听后，牢牢把这句话记在心底。他没有重写那篇文章，也没有更改自己的志愿。20年后，这个男孩真的拥有了一大片农场，在这个农场的中央真的建造了一栋舒适而漂亮的豪宅。这个男孩就是美国著名的马术师杰克·亚当斯。

★★★ 智 慧 感 悟 ★★★

记住：别让他人偷走你的梦想！任何一个人对你说你的梦想不可能实现的时候，他们都是凭借自己的经验在给你做判断。

正如世界上没有完全相同的两片树叶一样，世界上也没有完全相同的两个人。所以，只要你敢相信梦想，大声说"我能"，你就一定能！

猫的礼物

从前，老虎并不像现在这样威风，相反他是所有动物中最弱小的一个。因为捕捉不到动物，常常是饥一顿饱一顿。

狮王看见了，就把所有的小动物都召集起来说："老虎是我们中的一员，我们不能眼睁睁地看着他饿肚子而不闻不问。我建议，大家都伸出友谊之手，拉他一把，帮他渡过难关。"

于是，动物们都给老虎送去了好吃的东西，唯有猫什么东西也没有送。

狮王不高兴地对猫说："大家都给老虎送了东西，你怎么什么都不送呢？"

猫说："你们送给他的东西虽然很多，但总有一天会吃完的，我要送给他一件永远吃不完的礼物。"

狮王不屑地说："算了吧，你除了能送几只老鼠外，还能送什么呢？"

猫回答说："以后你会看到的。"

几个月以后，狮王又来到老虎家，没想到老虎家里里外外到处都挂着好吃的东西。

狮王问："这些东西都是猫送的？"

"不，"老虎说，"他送的礼物要比这些东西贵重千万倍！"

狮王好奇地问："那究竟是什么东西？"

老虎说："他教我练壮了身体，又教我学会了捕食的本领。"

★智慧感悟★

"授人以鱼，不如授之以渔。"再多的好东西都比不上一身本领。要想在社会上立足，就要摆脱依赖他人的想法，不断提高自身的能力，练就一身谋生的好本领。

扔掉依赖的拐杖

莫妮卡上高中时，有一位体育老师教溜冰。

开始时，莫妮卡不知道技巧，总是跌倒，所以老师给她一把椅子，让她推着椅子溜冰。

果然，因椅子稳当，莫妮卡扶着椅子站在冰上如站在平地上一般，不再跌跤，她可以推着它前行，来往自如。

莫妮卡想，椅子真是好！

莫妮卡推着椅子溜了大约一星期，有一天，老师来到冰场，看到莫妮卡还在那儿推着椅子溜。这回他走上冰来，一言不发地把椅子从莫妮卡手中撤走。

失去了椅子，莫妮卡不自觉地惊惶大叫，脚下不稳，跌了下去，嚷着要那椅子。

老师在旁边，看着她在那里叫嚷，无动于衷。莫妮卡只得自己想办法，站稳了脚跟。

这时莫妮卡才发现，在冰上溜了这么久，椅子已帮她学会了许多。但推椅子只是一个过程，真要学会溜冰，非把椅子拿开不可——没有人带着椅子溜冰的，是不是？

★智慧感悟★

生活是多彩的，但也是严酷的，不只有五彩绚丽的快乐与幸福，还有冰霜雨雪的打击和考验，这一切你都必须自己承受。

借助于拐杖，你可以轻松地起步，但这种轻松是暂时的。如果你不能狠心扔掉自己的拐杖，你就永远学不会走路、奔跑。

林肯总统给弟弟的一封信

林肯总统有一个异姓兄弟名叫詹斯顿，他曾经是一个游手好闲、好吃懒做的人，经常写信向林肯借钱，林肯想了很多办法来教育他，其中有这样一封信：

亲爱的詹斯顿：

我想我现在不能答应你借钱的要求。每次我给你一点帮助，你就对我说，"我们现在可以相处得很好了。"但过不多久我发现你又没钱用了。你之所以这样，是因为你的行为上有缺点。这个缺点是什么，我想你是知道的。你不懒，但你毕竟是一个游手好闲的人。我怀疑自从上次见到你后，你是不是好好地劳动过一整天。你并不完全讨厌劳动，但你不肯多做，这仅仅是因为你觉得从劳动中得不到什么东西。

这种无所事事浪费时间的习惯正是整个困难之所在。这对你是有害的，对你的孩子们也是不利的。你必须改掉这个习惯。以后他们还有更长的生活道路，养成良好习惯对他们更重要。从一开始就保持勤劳，这要比从懒惰习惯中改正过来容易。

现在，你的生活需要用钱，我的建议是，你应该去劳动，全力以赴地劳动以赚取报酬。

让父亲和孩子们照管你家里的事——备种、耕作。你去做事，尽可能地多挣些钱，或者还清你欠的债。为了保证你劳动有一个合理的优厚报酬，我答应从今天起到明年5月1日，你用自己的劳动每挣1美元或抵消1美元的债务，我愿另外给你1美元。

这样，如果你每月做工挣10美元，就可以从我这儿再得到10美元，那么你做工一个月就净挣20美元了。你应该明白，我并不是要你到圣·路易斯市的加利福尼亚的铅矿、金矿去，我是要你就在家乡卡斯镇附近做你能找到的有最优厚待遇的工作。

如果你愿意这样做，不久你就会还清债务，而且你会养成一个不再负债的好习惯，这岂不更好？反之，如果我现在帮你还清了债，你明年又会照旧背上一大笔债。你说你几乎可以为七八十美元放弃你在天堂里的位置，那么你把你天堂里位置的价值看得太不值钱了，因为我相信如果你接受我的建议，工作四五个星期就能得到七八十美元。你说如果我把钱借给你，你就把地抵押给我，如果你还不了钱，就把土地的所有权交给我——简直是胡说！如果你现在有土地还活不下去，你没有土地又怎么过活呢？你一直对我很好，我也并不想对你刻薄。相反，如果你接受我的忠告，你会发现它对你比10个80美元还有价值。

你的哥哥

林肯

1848年12月24日

★智慧感悟★

我们虽然可以靠父母和亲戚的庇护而成长，因爱人而得到幸福，但是无论怎样，我们归根到底还是要靠自己。

一个人应当学会在社会中自强自立，不能太依赖别人的帮助。依靠别人的帮助维持生活只能满足你的一时之需，但真正要在社会中生存下去，还是要靠你自己的力量。

依赖他人是心理幼稚与不成熟的标志，拥有独立主见的人才能得到人们的赞赏与肯定。勇敢去创造自己的新生活吧，放弃依靠，你会发现你原来可以飞得更高。

第三章

自尊：每个人都不卑微

造物主常把高贵的灵魂赋予卑贱的肉体，就如在生活中，最贵重的东西往往藏于不起眼的地方。请记住一位哲人的箴言：每个人都不卑微。

除非你承认自己的卑微，否则，没有人能够贬低你。自己的价值最需要的是自己的肯定，要相信，不论发生什么，你永远都是上苍赐予人世的一块珍宝。

挺起刚正的脊梁

维尼的母亲是在维尼 7 岁那年去世的，他的父亲后来续娶了一个犹太女人。继母来到他家的那一年，维尼 11 岁了。

继母对维尼非常好，但维尼不喜欢她，大概有两年的时间都没有叫她"妈妈"，为此，父亲还打过他。可越是这样，维尼的抵触情绪就越强烈。然而，维尼第一次喊她"妈妈"，却是在他第一次也是唯一一次挨她打的时候。

一天中午，维尼偷摘人家院子里的葡萄被主人逮住，主人的外号叫"大胡子"，维尼平时就特别畏惧他，如今在他的跟前犯了错，维尼吓得浑身直哆嗦。

大胡子说："今天我也不打你也不骂你，你只给我跪在这里，一直跪到你父母来领人。"

听说要自己跪下，维尼心里确实很不情愿。大胡子见他没反应，便大吼一声："还不给我跪下！"

迫于对方的威慑，维尼战战兢兢地跪了下来。这一幕，恰巧被他的继母给撞见了。她冲上前，一把将维尼提起来，然后，对大胡子大叫道："你太过分了！"

继母平时是一个没有多少言语的内向之人，突然如此震怒，让大胡子也不知所措。维尼也是第一次看到继母性情中另外的一面。

回家后，继母用枝条狠狠地抽打了维尼的屁股，边打边说："你偷摘葡萄我不会打你，哪有小孩不淘气的！但是，别人让你跪下，你就真的跪下？你不觉得这样有失人格吗？不顾自己人格的尊严，将来怎么成人？将来怎么成事？"继母说到这里，突然抽泣起来。维尼尽管只有 13 岁，但继母的话在他的心中还是引起了震撼。他猛地抱住了继母的臂膀，哭喊道："妈妈，我以后再不这样了。"

继母教会了维尼人生中重要的一课——人活着要有尊严。继母因为懂得这一点，所以从没有勉强维尼叫她母亲，当然她同样不允许别人侮辱维尼。

★智慧感悟★

一个人可以犯错误，但不能丧失尊严。智利作家尼高美德·斯曼说过："尊严是人类灵魂中不可糟蹋的东西。"中国有句古话说"男儿膝下有黄金"，传达的也是同样的道理。人活着就要有尊严，活着就该挺起刚正的脊梁，这是做人的根本。

捍卫尊严的决斗

迪克博士是一位诗人。有一天，他和几位贵妇人泛舟于泰晤士河上。他吹着萨克斯，尽量逗那些贵妇人开心。这时，游艇后不太远的地方，有一艘被军官们占用的船。博士看到那艘船向游艇靠近时，就不吹萨克斯了。军官当中有人问他，为什么他要把萨克斯收起来。

"我把萨克斯收起来，正如我把它拿出来一样，都是为了使自己高兴。"博士回答说。

那位军官怒气冲冲地威胁说，要是他不立刻继续吹奏萨克斯，就要把他扔进河里。博士怕吓着那些贵妇人，便忍气吞声地吹起萨克斯来。

傍晚时分回到岸上，他看到那个粗暴无礼的军官独自一人走着，便朝那军官走去，冷冰冰地说：

"今天，我是为了使我的同伴和你的同伴避免陷入烦恼，才服从你那傲慢的命令的。现在为了使你真正相信，一个普普通通的人，也会像一个披着军服的人那样有勇气，明天一早，就在此地，希望你能来，我们就干一场吧，但是不要有别人在场，决斗只在我们之间进行。"

博士进一步决定，他们之间的矛盾，只能靠手中的剑来解决。那个军官同意了这些条件。

第二天早晨，这两个决斗者在约好的时间里，在指定的地方碰面了。军官正站在准备决斗的位置上，就在那个时候，博士举枪瞄准了他。

"干什么?"军官说，"你想暗杀我吗?"

"不是的!"博士说，"不过，你得在这儿跳一分钟的舞。否则，你就会是一个死人了。"

接着是一场小小的争执。可是博士似乎异常的暴怒、异常的坚决，军官只好被迫屈服了。

当军官跳完舞的时候，博士说：

"昨天，你违反我的意愿，逼着我吹萨克斯；今天，我违反你的意愿，强迫你跳舞。现在，我们两人的事都以游乐的方式了结了。"

★★★★ 智慧感悟 ★★★★

你以什么样的方式对待他人，那么你也将得到同样方式的对待。尊重是双方的，是相互的，你给人一个甜枣，对方必然回报你樱桃，互相尊重才是处世之道。

贫穷的一家人

在美国的一次移民浪潮中，有个卢森堡家庭要移民美洲。他们非常穷困，于是辛苦工作，省吃俭用3年多，终于存够钱买了去美洲的船票。当他们被带到甲板下睡觉的地方时，全家人认为整个旅程中他们都要待在甲板下，而他们也确实是这么做的，仅吃着自己带上船的少量面包和饼干充饥。

一天又一天，他们以充满嫉妒的眼光看着头等舱的旅客在甲板上吃着奢华的大餐。最后当船快要停靠爱丝岛的时候，这家的一个小孩生病了，父亲去找服务人员并且说："先生，求求你，能不能赏我一些剩菜剩饭，好给我的小孩吃？"

服务人员回答说："为什么这么问，这些餐点你们也可以吃啊。"

"是吗？"父亲回答说，"你的意思是说，整个航程里我们都可以吃得很好？"

"当然，"服务人员以惊讶的口吻说，"在整个航程里，这些餐点也供应给你和你的家人，你的船票只是决定你睡觉的地方，并没有决定你的用餐地点。"

智慧感悟

故事中的一家人因为自卑而没能享受到原本就属于他们的美食。其实，如果他们能够不轻视自己，能够自尊自爱，就可以享受更快乐的人生。要知道，没有你的同意，任何人都不能贬低你。贫穷不是灵魂卑贱的理由，人性尊严的高贵压倒俗世一切。只有你自己挺直了腰杆，别人才会高看你一眼。

站起来，你也可以成为伟人

在一座寺院中，一个和尚跪在一尊高大的佛像前，一边敲着木鱼，一边读着经文。然而长期的修炼并未使他成佛，他为此而苦闷、彷徨，渴望有人能够指点迷津。正好，一位闻名四海的智者路过此地，来到这座庙里。

"尊敬的智者，今日有缘相见，真是前世造化！"和尚还没站起来身，就十分急切地开口请教，"今有一事求教，请指点迷津：伟人何以成其为伟人？比如说，我们面前的这位佛祖……"

"伟人之所以伟大，是因为我们一直跪着。"智者从容道。

"是因为……跪着？"和尚瞥了一眼佛像，又欣喜地望着智者，"这么说，我该站起来？"

"是的！"智者向他打了一个起立的手势，"站起来吧，你也可以成为伟人！"

"什么？你……你……你这是对神灵、伟人的亵渎。"说着，和尚双手合十，连声念"阿弥陀佛"。

"与其执着拜倒，不如大胆超越。"智者像是讲给和尚听，又像自言自语，然后头也不回地走了。

智慧感悟

伟人和凡人原本是一样的，所不同的是，伟人拥有一份无论何时何地都能支撑他坦然站立的自尊，而凡人只是一味地轻视自己，心甘情愿匍匐于他人脚下，正是这种态度上的差别造成了伟人与凡人的差异。认识到这一点，你就可以走出自卑心理的阴影，重拾生命的骄傲与自信。

对别人的态度表现出你的自尊

杰克曾经在出席一次教育会议时，听说过某国际学校的一个"著名"班级：负责教导该班学生的几位老师不等聘用合同期满就纷纷中途辞职。杰克既感到惊讶，又觉得好奇：是什么致使这些教师改变初衷，早早离去，另谋高就？

杰克设法找到几位辞职的教师，和他们分别谈话，探索究竟发生了什么事情。一位澳大利亚教师悄悄地告诉他，原因并非来自学校、家长或其他的教师，原因是孩子们自己。

"孩子们？"到这时候，杰克真的关心起来了，"孩子们怎么啦？"

"我没有办法教他们，他们缺乏自我尊重！"

自我尊重！这就是教师们辞职的原因吗？杰克到处打听，他拦住一位来自新加坡的年轻女士，她也打算缩短对那个班的教学。

"那个班的学生不尊重自己，也不尊重权威。并非所有的学生，但是已经多得令人在教室里难以应付了。"她解释道。

另一名教师听见他们的谈话后，补充说："而且他们对同伴同样不尊重，学生们相互之间非常粗鲁，他们不知道应该有礼貌地倾听同学发言，我不得不终止课堂讨论。"

"但是所有这些又与缺乏自我尊重有什么关系呢？"杰克问道。

教师们对杰克解释说："那些学生看起来似乎很自信，但是在内心深处，我认为，他们许多人懦弱而自卑。他们只不过是以对自己的感觉来对待别人罢了。"

智慧感悟

在对别人的态度中，能看到我们是否尊重自己。由教师们的评价可以看出，那些学生之所以表现得粗鲁无礼，根本的原因在于他们缺乏对自己的尊重。这些孩子并未认识到自我的价值，内心深处缺乏自尊，认为自己只能得到粗鲁的对待，于是也这样对待别人。当然，也许更尽职的教师应该教会他们如何尊重自己，进而懂得尊重别人，而不仅仅是一走了之，但在这里，最关键的是我们要认识到自尊之于处世的重要意义。只有懂得自我尊重的人才会尊重别人，进而能够拥有良好的社交环境——这是成功的必要条件。

贫穷的尊严

一个下着小雨的中午，车厢里的乘客稀稀拉拉的。在桥头站，上来一对残疾的父子。中年男子是个盲人，而他不到 10 岁的儿子则只剩下一只眼睛略微能看到东西。父亲在小男孩的牵引下，一步一步地摸索着走到车厢中央。当车子继续缓缓往前开时，小男孩开口了："各位先生女士，你们好，我的名字叫林平，下面我唱几首歌给大家听。"

接着，小男孩用电子琴自弹自唱起来。电子琴弹得很一般，但孩子的歌声有着天然童音的甜美。

正如人们所预料的那样，唱完了几首歌曲之后，男孩走到车厢头，开始"行乞"。但他既没有托着盘子之类的东西，也没有直接把手伸到你面前，只是走到你身边，叫一声"先生"或"小姐"，然后默默地站在那儿。乘客们都知道他的意思，但每个人都装出不明白的样子，或干脆扭头看车窗外面……

当小男孩两手空空地走到车厢尾部时，旁边的一位中年妇女尖声大嚷起来："真不知道怎么搞的，乞丐这么多，连车上都有！"

这一下，几乎所有的目光都集中到这对残疾父子的身上。没想到，小男孩竟一字一顿地反驳道："女士，你说错了，我不是乞丐，我是在卖唱。"

车厢里所有淡漠的目光刹那间都生动起来，有人带头鼓起了掌，然后是掌声一片。

★智慧感悟★

生命不因贫穷而失去尊严，尊重他人的人有着源于自身内心深处的自尊。有时，源自心灵的一种沟通，胜过某些形式上的资助。

玫琳凯的诞生

玫琳凯在美国可谓家喻户晓，她的成功之路更是许多商学院的著名案例。在创业之初，她历经失败，走了不少弯路，但她从来不灰心、不泄气，最后终于成为化妆品行业的"皇后"。

20世纪60年代初期，玫琳凯已经退休回家。可是过分寂寞的退休生活使她突然决定冒一冒险。经过一番思考，她把一辈子积蓄下来的5000美元作为全部资本，决定创办玫琳凯化妆品公司。

为了支持母亲实现"狂热"的理想，两个儿子也来帮她的忙，一个辞去月薪480美元的人寿保险公司代理商的工作，另一个也辞去了休斯顿月薪750美元的职务，加入到母亲创办的公司中来，只拿250美元的月薪。玫琳凯知道，这是背水一战，是在进行一次人生中的大冒险，弄不好，不仅自己一辈子辛辛苦苦的积蓄将血本无归，而且还可会葬送两个儿子的美好前程。

在创建公司后的第一次展销会上，她隆重推出了一系列功效奇特的护肤品，按照原来的想法，这次活动会引起轰动，一举成功。可是，"人算不如天算"，整个展销会下来，她的公司只卖出去15美元的护肤品。

在残酷的事实面前玫琳凯不禁失声痛哭，而在哭过之后，她反复地问自己："玫琳凯，你究竟错在哪里？"

经过认真的分析，她终于悟出了一点：在展销会上，她的公司从来没有主动请别人来订货，也没有向外发订单，而是希望女人们自己上门来买东西……难怪在展销会上落得如此的后果。

玫琳凯擦干眼泪，从第一次的失败中站了起来，在抓生产管理的同时，加强了销售队伍的建设……

经过20年的苦心经营，玫琳凯化妆品公司由初创时的雇员9人发展到现在的5000人；由一个家庭公司发展成为一个国际性的公司，拥有一支20万人的推销队伍，年销售额超过3亿美元。

玫琳凯终于实现了自己的梦想。

已经步入晚年的玫琳凯能创造如此的奇迹，并不是上天的怜悯，而是因为她面对挫折时，永不服输的精神。失败很常见，但失败之后，不"偃旗息鼓"，不被困难击倒，不向命运屈服，那么你的人生路上定会绽放无数的成功之花。

智慧感悟

不要惧怕挫折，不要轻视自己，不要低估自己的潜能，挫折是一个人人格的试金石，振作精神去向挫折挑战，你便能够与命运抗衡。

　　每个人都不卑微，只要你像尊重一位伟人一样尊重自己，你就同样可以成为伟大的人，就可以打破所谓命运的束缚，像玫琳凯一样创造奇迹。

大鱼奔大江

　　旱季来了，河床就要干涸了。

　　这是在非洲，曾经湍急的河流已经变成了一个个小水洼，烈日下，龟裂的河床急速扩展，远处，却隐隐传来了大江的涛声，鱼儿们从一个水洼跳到另一个水洼，奔涛声而去。

　　"还有多远呢？"一个不大的水洼里，一条大鱼喘着粗气，问躺着歇息的一尾小鱼。

　　"远着呢！别费劲了，到不了大江的。"小鱼悠然地在水洼里游了一圈说，"做什么大江的梦啊，现实点儿，就在这儿待着吧！"

　　"可用不了多久，这水洼里的水就会干的。"

　　"那又怎样？长路漫漫，你又能走多远？离大江五十步和离大江一百步有什么区别？"

　　"即便真的到不了大江，只要我已经尽力了，就不后悔。"

　　"你已经遍体鳞伤了，老兄！"小鱼自如地扭动着保养得很好的身体，嘲弄着在小水洼里已经转不开身的大鱼："像你这样笨重的身材，不老老实实在原处待着，还奔什么大江啊？就算真的有鱼能到达大江，也轮不到你！"

　　小鱼戳到了大鱼的痛处，它望着小鱼说："真的很羡慕你们有如此娇小的身材，在越来越浅的水洼里，只有你们才能自如地呼吸，可是，再苦再难我们大鱼也得朝前奔啊，我们要把握自己的命运。"大鱼说完便跳入了下一个水洼。它听见了小鱼抑制不住的笑声，它知道，自己的动作很笨拙，它还看见自己的鱼鳞又脱落了几片，而肚皮已渗出斑斑血迹，但它对自己说：此时此刻，除了向前，已别无选择。

水洼的面积越来越小，大鱼知道，前面的路将越来越艰难，它已很难再喝到水了，偶尔滋润干唇的是自己的泪。沿途，它看见大片大片的鱼变成了鱼干，其中，有许多是比它灵活得多的小鱼。

每一个水洼里都躺着懒得再动的伙伴，它们大口大口地喘着粗气，对大鱼说："别跳了，省点力气吧！没用的。"而大鱼却分明听见了越来越近的涛声。"坚持，"它对自己说，"唯有坚持，才有希望。"

不知跳了多久，大鱼终于看见了大江的波涛，可是，它的体力已经在长途跋涉中消耗殆尽，通向大江的路上，最后的一个水洼也干涸了。虽然只有一步之遥，可大鱼想，它是到不了大江了。就在这时，它听见了水声，接着，便看见一股小小的水流缓缓流过来，这是行将干涸的河床在这个夏季的最后一股水流吧！大鱼抓住了这个机会，在水流的帮助下，一鼓作气奔向大江。

面对已然干涸的河床，只有跳入大江的鱼儿知道，机遇，曾经来过。

智慧感悟

在这个世界上，只有强者才能掌握自己的命运，但强者与其他人并没有本质的区别，只是多了一些对自己的尊重，对自己梦想的坚持。就像故事中平凡的大鱼一样，以一种永不屈服的斗志昂扬的精神和毅力，克服了种种困难，奔入大海，拥有自由，延展生命。

你就是自己的圣人

1947 年，美孚石油公司董事长贝里奇到南非开普敦巡视工作。在卫生间里，他看到一位黑人小伙子正跪在地上擦洗黑污的水渍，并且每擦一下，就虔诚地叩一下头。贝里奇感到很奇怪，问他为何如此？黑人小伙子答道：我在感谢一位圣人。

贝里奇问他为何要感谢那位圣人？

黑人小伙子说："是他帮助我找到了这份工作，让我终于有了饭吃。"

贝里奇笑了，说："我曾经也遇到过一位圣人，他使我成了美孚石油公司的董事长，你愿意见他吗？"

小伙子说："我是个孤儿，我一直都想报答养育过我的人。这位圣人若能使我吃饱之后，还有余钱去报答养育我的人，我很愿意去拜访他。"

贝里奇说："你一定知道，南非有一座有名的山，叫大温特胡克山。据我所知，那上面住着一位圣人，专为他人指点迷津，凡是遇到过他的人都会前程似锦。20 年前，我到南非登上过那座山，正巧遇上他，并得到他的指点。假如你愿意去拜访，我可以向你的经理说情，准你一个月的假。"

这位年轻的小伙子是个虔诚的锡克教徒，很相信神的帮助，他谢过贝里奇后就真的上路了。30 天的时间里，他一路风餐露宿，终于登上了白雪覆盖的大温特胡克山。然而，他在山顶徘徊了一天，除了自己，谁都没有遇到。

黑人小伙子失望地回来了。他见到贝里奇后失望地问："董事长先生，一路上我处处留意，但直至山顶，我发现，除我之外，根本没有什么圣人。"

贝里奇说："你说得对，除你之外，根本就没有什么圣人，因为，能帮助你的只有你自己，你就是自己的圣人！"

20年后，这位黑人小伙子靠自己的拼搏成为美孚石油开普敦分公司的总经理，他的名字叫贾姆纳。在一次世界经济论坛峰会上，他作为美孚石油公司的代表参加了大会。在面对众多记者的提问时，他说了这样一句话："发现自己的那一天，就是你成功人生的开始，因为找到了自己就找到了世界。能创造奇迹的人，只有自己，你就是自己的圣人！"

智慧感悟

求人不如求己，只有自己才能解救自己，只有我们自己才是自己的救世主。我们或许习惯了在遇到困难时，向他人求助，小时候是向父母、兄长寻求帮助，等到长大了又习惯向朋友伸手求助。究竟谁能够帮助我们一生呢？答案只能是自己。用心去寻找心中的自己，那个能和圣人一样给我们力量的自己，当你找到自己，能够重视并尊重自己时，一切皆有可能。

自尊的价值

一对衣着普通的英国夫妇，有一次带着一个年纪约八九岁的小男孩，来到一家著名的西餐厅。

他们坐定之后，侍者递上菜单，这对夫妇点了一份价格最低的牛排。侍者脸上露出诧异的神色，迟疑地问道："一份牛排？可是你们有3个人，这样够吃吗？"那位爸爸腼腆地笑了笑，说："我们都吃过了，牛排是给孩子吃的！"

那一家人所点的牛排套餐，包括餐前的浓汤及生菜沙拉，很快被送到了孩子的面前，父母慈爱地看着他们的孩子用餐。

这一家人的举动，引起了餐厅经理的注意。

他发现，这对父母在教导孩子使用桌上的刀叉时，取用的顺序十分正确，而且对于孩子的用餐礼节亦要求得相当严格。他们反复而有耐心地、一次又一次地教他们的孩子，直到孩子做对为止。

餐厅经理看到这种情形，知道这一家人的经济状况应该不是太好，于是，吩咐侍者送去两杯咖啡。那位爸爸连忙挥手，正要说他们没有点时，经理走上前去，礼貌地告诉他们，这是餐厅招待的。

随后，经理和这对夫妇聊了起来，终于了解了这一家人只点一份餐的真正原因。

那位爸爸说："不怕你知道，我们的经济状况很差，根本吃不起这种高级餐厅的晚餐，但我们对孩子有信心，知道在贫困环境下长大的小孩，会有不凡的成就，我们希望能及早教会他正确的用餐礼仪。更重要的是，我们也想让孩子在成长过程中，记住自己曾在高级餐厅中，接受过备受尊重的服务的那种感觉，希望他将来做一个永远懂得自尊、也能尊重他人的人。"

★智慧感悟★

孩子的自尊意识需要从小培养，故事中这对父母就是出于这一考虑，才选择在家庭经济条件并不富裕的情况下带孩子在高级餐厅用餐，教会孩子应有的用餐礼仪。显然，在这对父母看来，自尊的价值远远高于这一举动需要家庭付出的代价。通过这一次用餐体验，孩子将认识到自己与其他所有人一样，不管在什么时间、什么场合，都有权利得到有尊严的对待。

自尊心的建立，是一个独立的人所不可或缺的，人的自信与自强自立精神都来源于自尊；同样源于自尊的还有与人交往的不卑不亢的态度，这也是一个人得到他人尊重的前提。

哈默的尊严

一年冬天，美国加州的一个小镇上来了一群逃难的流亡者。长途奔波使他们一个个满脸风尘，疲惫不堪。善良好客的当地人家家生火做饭，款待这群逃难者。镇长约翰给一批又一批的流亡者送去粥食，这些流亡者显然已好多天没有吃到这么好的食物了，他们接到食物，个个儿狼吞虎咽，连一句感谢的话也来不及说。

只有一个年轻人例外，当约翰镇长把食物送到他面前时，这个骨瘦如柴、饥肠辘辘的年轻人问："先生，吃您这么多，您有什么活儿需要我做吗？"约翰镇长想，给一个流亡者一顿果腹的饭食，每一个善良的人都会这么做，于是他说："不，我没有什么活儿需要你来做。"

这个年轻人听了约翰镇长的话之后显得很失望，他说："先生，那我不能随便吃您的食物，我不能没有经过劳动，便平白得到这些食物。"约翰镇长想了想又说："我想起来了，我家确实有一些活儿需要你帮忙。不过，等你吃过饭后，我就给你派活儿。"

"不，我现在就做活儿，等做完您的活儿，我再吃这些东西。"那个年轻人站起来。约翰镇长十分赞赏地望着他，但约翰镇长知道他已经两天没有吃东西了，又走了这么远的路，恐怕没有多少力气干活儿，可是不让他做些活儿，他是不会吃下这些东西的。约翰镇长思忖片刻说："小伙子，你愿意为我捶背吗？"那个年轻人便十分认真地给约翰镇长捶背。捶了几分钟，约翰镇长便站起来说："好了，小伙子，你捶得棒极了。"说完将食物递给年轻人，年轻人这才狼吞虎咽地吃起来。约翰镇长微笑地注视着那个年轻人说："小伙子，我的庄园太需要人手了，如果你愿意留下来的话，那我就太高兴了。"

那个年轻人留了下来，并很快成为约翰镇长庄园的一把好手。两年后，约翰镇长把自己的女儿詹妮许配给了他，并且对女儿说："别看他现在一无所有，可他将来百分之百是个富翁，因为他有尊严！"

果然不出所料，20多年后，那个年轻人真的成为亿万富翁了，他就是赫赫有名的美国石油大王哈默。哈默穷困潦倒之际仍然保持自尊、自立，这赢得了别人的尊敬和欣赏，也给自己带来了好运。

★☆智 慧 感 悟☆★

除非你承认自己的卑微，否则没有人能够贬低你。轻者自轻，自己的价值最需要的是自己的肯定。一个在穷困中仍然能够保持自立精神，不依靠别人的施舍生活的人，最终必将获得人生的成功。

尊重他人就是尊重自己

公元前592年，晋景公派遣大夫郤克访问齐国和鲁国，他在鲁国访问结束后要去访问齐国。这时鲁国也想与齐国联络，鲁宣公就派季孙行父与他同行。两国大夫中途遇见卫国的使臣孙良夫与曹国的使臣公子首，他们也去齐国，于是4个人一起来到齐国都城临淄拜见齐顷公。齐顷公一见他们4个人，差点笑出声来，只见晋国大夫老是闭一只眼用一只眼看东西；鲁国大夫脑袋瓜儿又光又滑像个大葫芦；卫国大夫是个跛子；曹国大夫总是弯着腰。他使劲地忍住了笑，办完公事之后，告诉他们第二天上后花园摆宴招待。

第二天，齐顷公特意挑了4个人招待来访的大夫，陪他们上后花园赴宴。陪同独眼龙的也是一只眼，陪同秃子的也是秃子，陪同跛子的也是跛子，陪同驼背的也是个驼背。当萧太夫人见了独眼龙、秃子、跛子、驼背成双成对地走过来时，不由得哈哈大笑起来，旁边的宫女们也跟着笑。4位大夫起初瞧见那些陪同的人都有些生理缺陷，还以为是巧合呢，直到听见楼上的笑声，才明白是怎么回事。

四国使臣回到馆舍，感觉受到了极大的侮辱，非常生气。当他们打听到讥笑他们的是齐国的国母后，更加怒不可遏。三国大夫对郤克说："我们诚心诚意来访，他们却如此戏弄我们，真是岂有此理！"郤克说："他们如此欺负人，此仇不报，就算不得大丈夫！"其余三位大夫齐声说："只要贵国领兵攻打齐国，我们一定请国君发兵，大伙儿都听你指挥。"四人对天起誓，一定要报今日戏弄之仇。

两年以后，四国兵车绵延30多里，大举伐齐，齐军被打得落花流水，齐顷公被围，仓皇逃跑之中和将军逢丑父迅速更换了服装，扮作臣下外出舀水，才保住性命。齐顷公最后只好拿着厚礼求和。

四国的使臣是肩负着国与国之间和平相处、互通友好的使命而来，而齐顷公竟然拿使臣的生理缺陷开玩笑，丝毫没有尊重对方的人格尊严，结果引来了仇恨与战争，这个教训是十分深刻的。

智慧感悟

尊重他人就是尊重自己，是一个人成功涉入社会的起点和基础。如果在交往中不能主动尊重他人，那么自己也就得不到他人的尊重。只有尊重别人，善于倾听对方的意见和想法，你才可能走进对方的心灵，才可能进行愉快的沟通。

雕塑人生的罗丹

奥古斯特·罗丹，19 世纪法国伟大的雕塑家，西方近代雕塑史上继往开来的一代大师，他的雕塑作品《思想者》是现代世界最著名的塑像。

罗丹出生于巴黎拉丁区的一个公务员家庭。父亲一直希望罗丹能掌握一门手艺，过殷实的生活。但是罗丹从小醉心于美术，为此，父亲曾撕毁罗丹的画，将他的铅笔投入火炉。罗丹的功课都很差，上课时也在画画，老师曾用戒尺狠狠打他的手，使他有一个星期不能握笔。最后是在姐姐的资助下，罗丹才上了一所工艺美校，在此，他学习了绘画和雕塑的一些基本知识，立下志向要当一名雕塑家，并把雕塑作为自己的使命。

罗丹去报考著名的巴黎美专，可能是由于他的作品太不合主考者的品味，一连三次罗丹都没有被录取。罗丹遭到如此挫折，决心再也不报考官方的艺术学校了。不久，一直资助他的姐姐病逝，罗丹心灰意冷，决心进修道院去赎罪。但在修道院长的鼓励下，罗丹重新树立起从事艺术的志愿，于半年后离开了修道院。

在罗丹几乎丧失信心的时候，他在工艺美校时的老师勒考克一直鼓励着他。同时他遇到了他的模特儿兼伴侣罗丝，于是他开始了他的创作生涯。

罗丹创作的头像《塌鼻人》遭到学院派的轻视，但罗丹仍夜以继日地工作着。他曾在比利时和雕塑家范·拉斯堡合作，稍稍有了一点积蓄。利用这点钱，罗丹访问了意大利的佛罗伦萨、罗马等地，研究了那里保存的各个时期的艺术大师的作品。这次游历使罗丹获得了极大的收获，回布鲁塞尔后就创作出了精心构制的作品《青铜时代》。

由于雕像过于逼真，罗丹竟被指控从尸身上模印。罗丹百般申辩，经过官方长时间的调查，才证明这确系罗丹的艺术创作，一场风波就此平息，而罗丹的名声也由此传开了。

他以但丁《神曲》中的《地狱篇》为题材，构思了规模宏大的《地狱之门》。这件作品整个创作前后费时达 20 年，最后也没有正式完成，但部分构思却在别的作品中有了体现。

1891 年，罗丹受法国文学协会之托制作的巴尔扎克纪念像再一次遭到非议，一些人认为作品太粗陋草率，像一个裹着麻袋片的醉汉。文学协会在舆论哗然之下，拒绝接受这个纪念像。

但是在 1900 年巴黎三国博览会上，一个专设的展厅陈列了罗丹的 171 件作品，成为艺术界的盛举。成千上万的人涌来观看《地狱之门》《巴尔扎克》《雨果》，来自世界各国的艺术家和社会名流纷纷向罗丹表示祝贺和敬意。罗丹在法国之外的世界获得了极大的声誉，各国博物馆争相购买他的作品，以能得到罗丹的作品为一时的时髦事，罗丹终于获得了成功。

1904 年，罗丹被设在伦敦的国际美术家协会聘为会长，罗丹的荣誉达到了一生的顶点。

光环之下的罗丹并未就此止步，他唯一的生命便是雕塑。罗丹开始雕塑比真人还大一倍的《思想者》。罗丹亲身感受到脱离了兽类之后的思想者承受的压力，他通过塑像来表现这种拼搏的伟大。这是罗丹最后一部史诗性的作品，当塑像完成后，他也筋疲力尽了。

智慧感悟

之所以要走自己的路，完全是因为我们每个人都是独特的，我们值得自己最大的重视与尊重——永远不要忘记这一点。要知道，梦想与坚持再加上一点主见，这是所有成功者的公式。一个勇于选择自己人生走向的人，往往具有顽强的意志力，能在一连串的挫折中经受住考验，从而锤炼自己的意志力，使自己成为一个勤奋、勇敢和富有创新精神的人。

法拉第求职

英国皇家学会要为大名鼎鼎的琼斯教授选拔科研助手，这个消息让年轻的装订工人法拉第激动不已，他赶忙到规定地点去报了名。但临近选拔考试的前一天，法拉第却被意外地告知，他的考试资格被取消了，因为他是一个普通工人。

法拉第气愤地赶到选拔委员会去理论，但委员们傲慢地嘲笑说："没有办法，一个普通的装订工人想到皇家学院来，除非你能得到琼斯教授的同意！"法拉第犹豫了。如果不能见到琼斯教授，自己就没有机会参加选拔考试。但一个普通的书籍装订工人要想拜见大名鼎鼎的皇家学院教授，他会理睬吗？

法拉第顾虑重重，但他才不理会什么装订工人不配进入皇家学院那一套，他的尊严告诫过他，只要有志向，任何人都有资格去追求梦想。这样想着，法拉第放下了心里的包袱，来到了琼斯教授家的门口。

终于，法拉第叩响了教授家的大门。

院里没有声响，当法拉第准备第二次叩门的时候，门"吱呀"一声开了。一位面色红润、须发皆白、精神矍铄的老者正注视着法拉第，"门没有锁，请你进来。"老者微笑着对法拉第说。

"教授家的大门整天都不锁吗？"法拉第疑惑地问。

"干吗要锁上呢？"老者笑着说，"当你把别人关在门外的时候，也就把自己关在了屋里。我才不当这样的傻瓜呢。"这位老者就是琼斯教授。他将法拉第带到屋里坐下，聆听了这个年轻人的叙说后，写了一张纸条递给法拉第："年轻人，你带着这张纸条去，告诉委员会的那帮人说我已经同意了。"

经过严格而激烈的选拔考试，书籍装订工人法拉第出人意料地成了琼斯教授的科研助手，走进了英国皇家学院那高贵而华美的大门。

★智慧感悟★

不要被他人轻蔑的言语打败，不管是装订工人还是高学历者，都可以站在同一起跑线上公平竞争。成功的荣誉将由你的努力来决定，你的自尊将带领你不断攀登人生的一个又一个高峰。

第四章

做最本色的自己

古语云："甘瓜苦蒂，物不完美。"这个世界上没有十全十美的东西，同样，也没有精灵神通的完人。一个心理健康的人应当懂得悦纳自我，接受自己的缺点，并在此基础上积极地发挥自己的优点。只有活出本色的自己，才能获得精彩的人生。

评委的圈套

世界音乐指挥家大赛的决赛现场，一位日本选手按照评委会给他的乐谱在指挥演奏时，发现有一处不和谐的地方。他认为是乐队演奏错了，就停下来重新演奏，但仍不如意。日本选手向评委会提出自己的意见，认为是乐谱弄错了。

这时，在场的作曲家和评委会的权威人士都郑重地说明乐谱没有问题，而是他的错觉。面对着一批音乐大师和权威人士，日本选手却坚定地说："不，一定是乐谱错了！"话音刚落，评判台上立刻报以热烈的掌声。

原来，这是评委们精心设计的圈套，以此来检验指挥家们在发现乐谱错误并遭到权威人士"否定"的情况下，能否坚持自己的正确判断。前两位参赛者虽然也发现了问题，但终因屈服权威而遭淘汰。最后，日本选手在这次世界音乐指挥家大赛中摘取了桂冠。

他就是后来成为世界著名交响乐指挥家的小泽征尔。

智慧感悟

无论何时，都应当坚持自我，坚持自己的本色。面对权威而能够坚持本色，你将赢得一份尊重；面对"质疑"而能够坚持本色，你将赢得荣誉。

一次精彩的演讲

在一所中学里，有一个班的周末主题班会有一个传统，那就是让每一位同学都轮流上台进行才艺表演。按规定，班内的每个人都要参与，在表演的过程中你可以发表演讲，也可以说段子、讲笑话，只要是能展示你自己，并且大家爱听爱看的，无论什么节目都可以。

有一次周末，轮到迪克上台表演，他平时的表现可以说是男生堆里最不出众的一个，无论是学习成绩还是外貌形象。只见他慢腾腾地走上讲台，摘下他那顶作为道具用的帽子，先向同学们深深地鞠了一躬，然后清清嗓子开始演讲：

"嗯！从身材上看，不用我说大家也可以看出，但大家知道吗，我比拿破仑还高出 1 厘米呢，他是一米五十九，而我是一米六〇；再有维克多·雨果，我们的个头都差不多；我的前额不宽，天庭欠圆，可伟大的哲人苏格拉底也是如此；我承认我有些未老先衰的迹象，还没到 20 岁便开始秃顶，但这并不寒碜，因为有大名鼎鼎的莎士比亚与我为伴；我的鼻子略显高耸了些，如同伏尔泰和乔治·华盛顿的一样；我的双眼凹陷，但圣徒保罗和哲人尼采亦是这般；我这肥厚的嘴唇足以同法国君主路易十四媲美，而我的粗胖的颈脖堪与汉尼拔和马克·安东尼齐肩。"

沉默了片刻，迪克继续说："也许你们会说我的耳朵大了些，可是听说耳大有福，而且塞万提斯的招风耳可是举世闻名的啊！我的颧骨隆耸，面颊凹陷，这多像美国独立战争的英雄林肯啊！我的手掌肥厚，手指粗短，大天文学家丁顿也是这样。不错，我的身体是有缺陷，但要注意，这是伟大的思想家们的共同特点……"

当迪克演讲完走下讲台时，班级里爆发出经久不息的掌声。

迪克的演讲赢得了大家热烈的掌声，这不仅是因为他妙语连珠的演讲词，更重要的是他那种接纳自我，善待自己缺点的精神得到了大家的一致认可。

★☆★☆★☆★☆★☆★☆★☆
智慧感悟

古语云："甘瓜苦蒂，物不完美。"这个世界上没有十全十美的东西，同样，也没有精灵神通的完人。如果一个人总是对自己的缺点耿耿于怀，那么就等于是和自己过不去。一个心理健康的人应当懂得悦纳自我，接受自己的缺点，并在此基础上积极地发挥自己的优点。

坚持本色的模特

20世纪80年代，有位名叫安德森的模特公司经纪人，看中了一位身穿廉价产品、不拘小节、不施脂粉的大一女生。

这位女生来自美国伊利诺伊州一个蓝领家庭，唇边长了一颗触目惊心的大黑痣。她从没看过时装杂志，没化过妆，要与她谈论时尚等话题，好比是牵牛上树。

每年夏天，她就跟随朋友一起，在德卡柏的玉米地里剥玉米穗，以赚取来年的学费。安德森偏偏要将这位还带着田野玉米气息的女生介绍给经纪公司，结果遭到一次次的拒绝。有的说她粗野，有的说她恶煞，理由纷纭杂沓，归根结底是那颗唇边的大黑痣。安德森却下了决心，要把女生及黑痣捆绑着推销出去。他给女生做了一张合成照片，小心翼翼地把大黑痣隐藏在阴影里。然后拿着这张照片给客户看，客户果然满意，马上要见真人。真人一来，客户就发现"货不对版"，客户当即指着女生的黑痣说："你给我把这颗痣拿下来。"

激光除痣其实很简单，但女生说："对不起，我就是不拿。"安德森有种奇怪的预感，他坚定不移地对女生说："你千万不要摘下这颗痣，将来你出名了，全世界就靠着这颗痣来识别你。"

果然这女生几年后红极一时，日入两万美元，成为天后级人物，她就是名模辛迪·克劳馥。她的长相被誉为"超凡入圣"，她的嘴唇被称作芳唇，芳唇边赫然入目的是那颗今天被视为性感象征的桀骜不驯的大黑痣。

★智慧感悟★

这世上没有绝对的美与丑，美与丑通常是可以互相转化的。但有一点可以肯定，就是最美的往往都来自本色、来自自然。所以，不要在乎别人挑剔的眼光，保持自己的本色，你就是最美的。

保持自我本色

玛丽从小就是一个害羞和内向的小女孩，她的身体一直太胖，而她的一张脸使她看起来比实际还胖得多。玛丽有一个很古板的母亲，她总是对玛丽说："宽衣好穿，窄衣易破。"她也总是这样来帮玛丽穿衣服。玛丽从来不和其他的孩子一起做室外活动，甚至不上体育课。她非常害羞而且很敏感，觉得自己和其他人都"不一样"，完全不讨人喜欢。

长大之后，玛丽嫁给一个比她大好几岁的男人。她丈夫一家人都很好，对她充满了信心。玛丽尽最大的努力希望像他们一样，可是她做不到。他们为了使玛丽开朗而做的每一件事情，都只是令她更退缩到她的壳里去。玛丽变得紧张不安，躲开了所有的朋友，情形坏到她甚至害怕听到门铃响。玛丽知道自己是一个失败者，又怕她的丈夫会发现这一点，所以每次他们出现在公共场合的时候，她都假装很开心，结果常常做得太过分。事后，玛丽会为这个难过好几天，最后觉得再活下去也没有什么意义了，玛丽开始想自杀。

后来，是什么改变了这个不快乐的女人的生活呢？只是一句随口说出的话。

那天，玛丽的婆婆正在谈她怎么教养她的几个孩子，她说："不管事情怎么样，我总会要求他们保持本色。"

"保持本色！"就是这句话！在一刹那间，玛丽才发现自己之所以那么苦恼，就是因为她一直在试着让自己适应于一个并不适合自己的模式。

玛丽后来回忆道："在一夜之间我整个儿人都改变了。我开始保持本色，我试着研究我自己的个性，自己的优点，尽我所能去学色彩和服饰方面的知识，尽量以适合我的方式去穿衣服。我开始主动地交朋友，还参加了一个社团组织——起先是一个很小的社团——他们让我参加活动，使我吓坏了。可是我每发一次言，就增加一点勇气。今天我所有的快乐，是我从来没有想到可能得到的。在教养我自己的孩子时，我也总是把我从痛苦的经验中所学到的东西教给他们：'不管事情怎么样，总要保持本色。'"

★智慧感悟★

一个人要想生活得快乐，最重要的就是要保持自我的本色。只有坚持自我，保持本色，按照适合自己的模式去生活，你才会拥有快乐的人生。

小蜗牛的壳

有一天，小蜗牛看到只有自己背上背着又硬又厚的壳，就变得十分不开心，它问母亲："为什么其他的小朋友并没有像我一样，背上有这个又硬又重又难看的壳呢？"

母亲解释道："这是因为我们的身体没有骨骼的支撑，只能爬，爬的速度又慢。这个壳是来保护我们的！"

小蜗牛反问道："可是小毛虫也没有骨头，爬得也不快啊！为什么它不用背这个又硬又厚的壳呢？"

母亲笑着说："可是毛虫长大了会变成蝴蝶，天空会保护它啊！"

小蜗牛又问道："蚯蚓呢？它变不成蝴蝶，为什么也没有像我们一样的壳呢？"

母亲说："那是因为蚯蚓会钻到土里面，大地会保护它的！"

小蜗牛听完之后，不由得哭了起来，大声地说道："我们好可怜，天空不保护我们，大地也不保护我们。"

母亲劝慰着伤心的小蜗牛，柔声地说道："所以我们有壳啊！这个壳就是用来保护我们自己的。"

★智慧感悟★

生活中有很多人像小蜗牛一样，只知道羡慕那些成绩优异、有特长的同学和事业有成的人，而不知道正确地认识自己，发挥自己的特长和优势。如果不能正确地认识自己，不了解自己的能力，又怎么能接纳真实的自己呢？

要想拥有成功的人生，充分认识自我，发挥自己的优势是至关重要的。生活中不要一味地羡慕别人、埋怨自己，活出自己的价值才是最重要的。

身高一米六〇的 NBA 球星

美国 NBA 联赛中的夏洛特黄蜂队有一位身高仅一米六〇的运动员，他就是蒂尼·伯格斯——NBA 最矮的球星。

伯格斯自幼十分喜爱篮球，但由于身材矮小，伙伴们瞧不起他。有一天，他很伤心地问妈妈："妈妈，我还能长高吗？"妈妈鼓励他说："孩子，你能长高，长得很高很高，会成为人人都知道的大球星。"从此，长高的梦像天上的云在他心里飘动着，每时每刻都闪烁着希望的火花。

"业余球星"的生活即将结束了，伯格斯面临着更严峻的考验——一米六〇的身高能打好职业赛吗？

伯格斯横下心来，决定要凭自己一米六〇的身高在高手如云的 NBA 赛场中闯出自己的一片天地。"别人说我矮，反倒成了我的动力，我偏要证明矮个子也能做大事情。"在威克·福莱斯特大学和华盛顿子弹队的赛场上，人们看到蒂尼·伯格斯简直就是个"地滚虎"，从下方来的球 90% 都被他收走……

后来，凭借精彩出众的表现，蒂尼·伯格斯加入了实力强大的夏洛特黄蜂队，在他的一份技术分析表上写着：投篮命中率 50%；罚球命中率 90%……

一份杂志专门为他撰文，说他个人技术好，发挥了矮个子重心低的特长，成为一名使对手害怕的断球能手。"夏洛特的成功在于伯格斯的矮"，不知是谁喊出了这样的口号。许多人都赞同这一说法，许多广告商也推出了"矮球星"的照片，上面是伯格斯纯朴的微笑。

成为著名球星的伯格斯始终牢记着当年他妈妈鼓励他的话，虽然他没有长得很高很高，但可以告慰妈妈的是，他已经成为人人都知道的大球星了。

★☆★☆★☆★☆★☆★☆★
智慧感悟
★☆★☆★☆★☆★☆★☆★

身高一米六〇的伯格斯能够成为一名球技出众的 NBA 明星，关键就在于他能够正确认识本色的自己，并能够在此基础上充分发挥自己的"身高优势"，使自己成为夏洛特黄蜂队里的超级断球手。伯格斯的成功告诉我们这样一个道理：正确认识并接纳本色的自己，就能成功。

摘掉生活的面具

詹妮是一位女教师，她对自己的面孔很不满意，觉得无论哪儿看起来都不顺眼，因此，她决定去整容。

医师仔细地望着她，认为她长得并不难看——她的问题就在于她轻视自己。

尽管如此，医师还是动手术稍微改善了她的五官，但只是动了一些小手术，比她所要求的要少了很多。

医师对她说："身为一名整容医师，我只能替你动这些手术了。"

詹妮好像对手术的效果并不太满意，她一面打量着镜中的自己，一面以一种指责的腔调说道："你并没有对我的脸做太大的改变。"

医师想了想说："你的脸只需稍做改变，我都已经做了。现在你的脸一点毛病也没有了，唯一的问题是你使用脸的方式错了——你把它当作一个面具，用来遮掩你的感觉。"

詹妮很伤心地低下头说："我已尽了最大的努力了。"

"我相信你，"医师说，"请你告诉我，你是不是因为自己是一名教师，因此对自己压抑得有点过分？"

詹妮沉默了一会儿，说出了藏在自己心头很久的话：她很讨厌教师生活，因为她觉得她必须做学生最好的榜样。每一天她到学校去时，都必须戴着面具，表现出最好的一面，把所有的感情全部隐藏起来，只留下她认为是"正确"的一部分。她一直十分保守，经过3年的教学生活，她觉得太紧张了，令她再也无法忍受。她并不知道问题究竟出在何处，因此只得归咎于自己的脸不够美好。

詹妮说完了自己的遭遇之后，忍不住放声大哭。"孩子都嘲笑我。"她哭着说，随后突然警觉地停住哭泣，擦擦鼻涕，坐直了身子望向医师，仿佛她已经泄露出什么重大秘密。

医师脸上露出微笑："这样好多了，哭泣证明你也是个有感情的人。"

她慢慢放松自己，然后笑着望着医师。

"小孩子嘲笑你，"医师说，"是因为他们已经看出你一直都在演戏。身为一名教师，当然一定要控制自己，必须表现得十分能干而成熟，但是你用不着表现得十全十美。一个当教师的，偶尔也可以表现得愚蠢一点，学生仍然会尊重他，只要他基本上十分正常——学生将会因为他平易近人而更喜欢他。拿掉你的面具，你会更喜欢你自己，甚至会变得很喜欢教书的工作。"

离开诊所后，詹妮的心情好多了，几个月后，她不再担心自己的面孔，也不再因此而焦虑。她写信告诉医师，她觉得比以前轻松多了。她自认为是一名更有人情味儿的老师了，虽然她仍对教学工作感到有些焦虑，但她深信不久之后，她将不会再把教室当作监狱。

智慧感悟

美不是伪装，而是真实的释放。跳出一味追求完美的陷阱，抛开无谓的负担，全面地接受自己的优点和缺点，你不仅会因为诚实和保持本色而受到大家的喜爱，你自身也会因此而受到莫大的欢欣和鼓舞。

失去了左臂的柔道冠军

一个 10 岁的小男孩，在一次车祸中失去了左臂，但是他很想学柔道。

最终，小男孩拜一位日本柔道大师做了师父，开始学习柔道。他学得不错，可是练了 3 个月，师父只教了他一招，小男孩有点弄不懂了。

他终于忍不住问师父："我是不是应该再学学其他招数？"

师父回答说："不错，你的确只会了一招，但你只需要会这一招就够了。"

小男孩不是很明白，但他很相信师父，于是就继续照着练了下去。

几个月后，师父第一次带小男孩参加比赛。小男孩自己都没有想到居然轻轻松松地赢了前两轮。第三轮稍稍有点艰难，但对手还是很快就变得有些急躁，连连进攻，小男孩敏捷地施展出自己的那一招，又赢了。就这样，小男孩进入了决赛。

决赛的对手比小男孩高大、强壮许多，也似乎更有经验。小男孩显得有点招架不住，裁判担心小男孩会受伤，就叫了暂停，还打算就此终止比赛，然而师父不答应，坚持说："继续比赛！"

比赛重新开始后，对手放松了戒备，小男孩立刻使出他的那招，制伏了对手，由此赢了比赛，得了冠军。

回家的路上，小男孩和师父一起回顾比赛的每一个细节。小男孩鼓起勇气道出了心里的疑问："师父，我怎么只凭一招就赢得了冠军？"

师父答道："有两个原因：第一，你几乎完全掌握了柔道中最难的一招；第二，据我所知，对付这一招唯一的办法是对手抓住你的左臂。"

有的时候，人的某方面缺陷未必就永远是劣势，只要善加利用，或者扬长避短，劣势也会转化成优势。

智慧感悟

正确而全面地认识自己，是善待自己、接受自我的必然要求。金无足赤，人无完人。每个人都不会是完美的，总有缺陷和破绽，但我们完全不必因此而妄自菲薄，因为劣势也有可能转化为优势。

正确对待自己的优、劣之处，这是心理健康的标准之一。

喜欢攀比的孔雀

孔雀因为大家都爱听夜莺唱歌，而自己一唱歌就会被人笑话，感到很苦恼，就向天神诉苦。

天神对它说："别忘了，你的颈项间闪着翡翠般的光辉，你的尾巴上有华丽的羽毛，所以在这些方面，你是很出色的。"

孔雀仍不满足："可是在唱歌这一项上有人超过了我，像我这样唱，跟哑巴有什么区别呢?"

天神回答道:"命运之神已经公正地分给你们每样东西:你拥有美丽,老鹰拥有力量,夜莺能够唱歌,这些鸟,都很满意天神对它们的赐予。"

★智慧感悟

这世界上根本没有十全十美的东西,人也是如此,可能在这方面优秀,在那方面有缺陷,这是无可辩驳的事实。可是,生活中太多的人总是喜欢和别人攀比,他们因此而给自己带来了许多无端的烦恼。

不要总把自己与别人比较,这样会越看自己越不值钱。如同人的指纹一样,世界上每一个人的指纹都是独一无二的。

不要根据别人认为重要的东西来制定自己的追求目标,而应当努力去争取自己觉得最好的东西。

不要以为最接近自己内心的东西与生俱来,可以像自来水一样随时予取予求。要如同保护自己的眼睛一样维护它们,失去它们,你就会变成只有心脏而没有心灵的行尸走肉。

一味模仿的鹦鹉

森林里正在举行一场演唱会,每位参赛选手都使出了浑身解数,节目一个比一个精彩。黄鹂清脆悦耳的合唱,夜莺婉转动听的独唱,雄鹰豪迈有力的高歌,大雁低回深沉的吟咏……博得了一阵又一阵热烈的掌声。唯有鹦鹉不以为然,脸上挂着嘲讽的冷笑:"你们每个就那么两下子,有什么了不起? 轮到我呀……哼!"

终于该鹦鹉上场了，她昂首挺胸地走上舞台，神气地向大家鞠了一躬，清清嗓子就唱了起来。

第一支歌，她学黄鹂啼；第二支歌，她学夜莺唱；第三支歌，她学雄鹰叫；第四支歌，她学大雁鸣……她唱了一支又一支，完全陶醉在自己的歌声里。

音乐会评奖结果公布了，鹦鹉以为自己稳拿第一，可是她从第一名一直找到第十六名，都没有找到自己的名字。她不相信自己的眼睛，又从头找了一遍，还是没有找到。就这样，她仔仔细细、反反复复地一口气找了12遍，却还是白费劲儿。

"怎么把我的名字漏了呢？"鹦鹉刚要挤出鸟群去找评奖委员会问问，快嘴喜鹊一把拉住她说："鹦鹉姑娘，你的名字在这儿呢！"

鹦鹉顺着喜鹊的翅膀尖一看，她的名字竟排在名单的尾巴上。

鹦鹉难过地哭了。她满腹委屈地找到评奖委员会主任凤凰说："我……我难道还……还不如乌鸦吗？为什么把我排……排在最末一名？"

凤凰诚恳地对她说："艺术贵在独创。你除了重复别人的调子外，哪有一个音符是你自己的呢？"

✦智慧感悟

人生不是一场模仿秀，你要正确地认识自己，做一个真正的自己，保持自己独有的个性。一味地模仿别人只会让我们失掉自己的特色。

第五章

责任决定人生高度

责任是一种与生俱来的使命，它伴随着每一个人生命的始终。从我们来到人世间到我们离开这个世界，我们每时每刻都要履行自己的责任。

责任能够让一个人具有最佳的精神状态，积极地投入生活与工作，并将自己的潜能发挥到极致。有责任心的人，也必定是敬业、热忱、自动自发的人。在责任的内在力量驱使下，我们常常油然而生一种崇高的归属感和使命感。当我们把人生当成一项伟大的事业，用全部热情去实践的时候，生命往往更容易激发出绚丽的色彩，成功也变得触手可及。

让灵魂熠熠生辉

武汉市鄱阳街有一座建于 1917 年的 6 层楼房，该楼的设计者是英国的一家建筑设计事务所。20 世纪末，那座叫作"景明大楼"的楼宇在漫漫岁月中度过了 80 个春秋后的某一天，它的设计者远隔万里，给这栋大楼的业主寄来一份函件。函件告知：景明大楼为本事务所在 1917 年所设计，设计年限为 80 年，现已超期服役，敬请业主注意。

真是闻所未闻！80 年前盖的楼房，不要说设计者，连当年施工的人，也许都已经没几个在世了，然而，它最初的设计者，一个异国的建筑设计事务所，竟然还在为它的安危操心！是什么使一个人、一群人、一个更换了几代人的机构，经过近一个世纪的变迁，仍然守着一份责任、一个承诺？

智慧感悟

人生好比一次旅程，从拥有生命的那一刻起，我们就承上了一种叫生存的使命与责任，不仅仅为我们的生存负责，更不可忘记为其他人的生命负责。负责的灵魂闪耀着异常夺目的光辉。

总统的命令

1944 年，艾森豪威尔指挥的英美联军正准备横渡英吉利海峡，在法国诺曼底登陆，展开对德战争的另一个阶段。

这次的登陆事关重大，英国和美国都为这场战役投入了巨大的人力、物力。然而人算不如天算，就在一切准备就绪、蓄势待发的时候，英吉利海峡突然风云变色、巨浪滔天，数千艘船舰只好退回海湾，等待海上恢复平静。

这么一等便足足等了 4 天，天空像是被闪电劈开了一道裂缝，倾盆大雨连绵不绝，数十万名军人被困在岸上，进退两难，每日所消耗的经费、物资，实在不容小觑。

正当艾森豪威尔总司令苦思对策时，气象专家送来最新的报告，资料中显示天气即将出现好转，狂风暴雨将在 3 个小时之后停止。

艾森豪威尔明白这是个千载难逢的好机会，可以攻敌人于不备，只是这当中也暗藏危机，万一天气不如预期中这么快好转，很可能就会导致全军覆没。

艾森豪威尔经过慎重的考虑之后，在日志中写下："我决定在此时此地发动进攻，是根据所得到最好的情报做出的决定……如果事后有人谴责这次的行动或追究责任，那么，一切责任应该由我一个人承担。"然后，他斩钉截铁地向陆、海、空三军下达了横渡英吉利海峡的命令。

艾森豪威尔受到幸运之神的眷顾，倾盆大雨果然在 3 个小时后停止，海上恢复了风平浪静，英美联军终于顺利地登上诺曼底，掌握了这场战争取胜的关键。

诺曼底的成功登陆，为盟军在"二战"中的良好局面确立起到了决定性的扭转作用。

☆智慧感悟

责任是流淌在一个人灵魂中的使命，而作为一个国家的公民，能够为国家出力，效忠国家及人民，是无上光荣的使命与责任。一个人因担负责任而成熟，一个公民因担任国家赋予的责任而变得无私和崇高。

♥ 责任让他成长

1957 年，诺贝尔文学奖的获得者阿尔贝·加缪出生在一个贫苦的家庭。在他还不懂事的时候，父亲就在战场上牺牲了，只剩下母亲与他相依为命。因为家里没有什么积蓄，小加缪和妈妈的生活特别艰难。但是，为了不让儿子在同伴中感到自卑，在小加缪到了上学年龄以后，妈妈还是毫不犹豫地把他送到了学校。可是，懂事的小加缪很快就发现，因为自己上学又增加了学费和其他一些花销，妈妈肩上的担子更重了。妈妈每天都努力地工作着，由于经常熬夜，才三十几岁的人，脸上就已经早早地爬满了皱纹。懂事的小加缪看在眼里，疼在心里。

一天晚上，小加缪又伏在那盏小煤油灯下复习功课，写完作业之后，他看见妈妈还在忙碌，自己又帮不上忙，就早早地上床睡觉了。半夜里，小加缪忽然被一阵咳嗽声惊醒了，睁开眼睛一看，妈妈还没有睡，她正借着微弱的灯光在给他缝补衣服呢。小加缪再也忍不住了，他一骨碌从被子里爬起来："……妈妈，我以后再也不能让你这么辛苦了，你看，我已经长大了，是个男子汉了，我想出去找点活儿干，减轻一下家里的负担。"

儿子善解人意的话，让妈妈的眼睛湿润了。她把小加缪紧紧地搂在怀里，泪水顺着面颊流了下来。

看见妈妈流下眼泪，小加缪有些不知所措："妈妈，难道我说错了吗？你为什么哭了？"

"好孩子，你没有说错。可是你现在还太小了，妈妈怎么舍得让你去干活儿呢？你现在需要的是好好学习，只有等你长大了，才能帮助妈妈减轻负担呀。"妈妈抚摩着小加缪的头轻轻地说。

听了妈妈的话，小加缪认真地点了点头，从那以后，他学习更认真了。但是，无论妈妈怎么努力，他们家的生活还是很困难。读完小学以后，在小加缪的一再央求下，妈妈终于同意了他的要求，让他去做些事情，帮助家里减轻负担，但前提是不能耽误自己的学习。从那以后，小加缪一边读书，一边劳动。一开始，他找到了一份扫大街的工作。对于小加缪来说，这份工作无疑是份苦差事。因为他每天不仅需要很早起床，还要拿着几乎跟他一样高的扫帚去扫大街，人小，扫的地方又大，小加缪常常累得满头大汗。

为了给妈妈减轻负担，小加缪坚持挺过来了。后来，小加缪又到一个饭馆里去洗碗。这个工作和扫大街的工作比起来更辛苦，小加缪和几个小伙计每天都拼命干活儿，还常常不能按时洗完那些小山一样高的碗碟。

艰难的生活让小加缪经受了磨炼，也养成了他刻苦勤奋的优良品质。后来，他通过自己的不懈努力，考取了大学，并最终获得了诺贝尔文学奖，成为举世瞩目的大文学家。

★☆智慧感悟☆★

加缪的成长源于他对家庭的责任的重视。正是为了家人能够更轻松地生活，他才主动积极地工作，不断激发出自己的潜能，最终在自

已的优势方面取得了不凡的成就。你也许会用完时间，但是你不会用完能力，能力是越用越多的，如同智慧一样。因此，不要躲避任何发挥自己能力的机会，承担责任吧，责任是开启能力的钥匙，唤醒责任之心，也将最大限度地唤醒你沉睡的潜能。

建筑师的成功之道

有3个工人，他们都在忙着盖房子。第一个工人干着干着就不耐烦了，"反正又不是我自己住，费那么多劲干什么。"于是他加快速度，草草完工，房子看起来摇摇欲坠。第二个工人干了一会儿也感到枯燥了，"我既然收了别人的钱，就有责任把房子盖好。"于是，他继续认真地干活儿，一丝不苟地完成了工作，房子看起来非常结实。第三个工人干着干着变得快乐起来，"盖房子真是一件美妙的事情，如果在房前种一些花草，房后再弄一个园圃，一家人住进来，嗯，一切太美好了。"于是，他忍不住吹起了欢快的口哨，以更大的热情来干活儿，并加了不少创意，房子看起来既美观又大方。

3年之后，第一个工人失业了，没人敢聘用他。第二个工人仍然认认真真地干着老本行，一切没有变化。而第三个工人却成了远近闻名的建筑大师。他设计的房子风格独特、美轮美奂，人们以居住他建筑的房子为荣。

如果能以坚持不懈的精神、火焰般的热忱，充分发挥自己的特长，那么不论所做的工作怎样，都不会觉得劳苦。具有这种高度的事业心的人，即使从事最平凡的工作，也能成为技术高超的工人；如果以冷淡的态度去做最高尚的工作，也不过是个平庸的工匠。

你是想要苦苦拼搏中的快乐，还是要淘汰中的反省？你在这个世界中将找到什么样的工作？你的工作将是什么？从根本上说，这不是一个关于干什么事和得到多少报酬的问题，而是一个关于责任的问题。

★★★★★★★★智慧感悟★★★★★★★★

做什么工作，干何种事业，最不可或缺的就是热情。充满激情地去做与推一下走一步的结果是大相径庭的。

国王的蛋糕

很多年前，英格兰有个国王叫阿尔弗雷德，他是一个精明而有正义感的人，是英国历史上最了不起的国王之一。直到十几个世纪后的今天，他还被称作阿尔弗雷德大帝。

阿尔弗雷德统治时期的英格兰形势复杂，国家受到丹麦人的凶猛入侵。丹麦入侵者如潮涌来，他们个个剽悍勇猛，很长时间几乎百战百胜。如果他们继续势不可当，将会征服整个英格兰。

最终，经过数次战役，阿尔弗雷德国王的英格兰军队溃不成军。每个人，包括阿尔弗雷德，都只能设法逃生。阿尔弗雷德乔装打扮为一个牧羊人，只身逃走，穿过森林和沼泽。

经过几天漫无目的的游荡，他来到一个伐木工人的小屋。饥寒交迫的他敲开房门，乞求伐木工的妻子给他点儿吃的东西并让他借宿一晚。

女主人同情地看着这位衣衫褴褛的男人，她不知道他是谁。"请进，"她说，"你给我看着炉子上的蛋糕，我会供你晚餐的。我现在出去挤牛奶，你好好看着，等我回来，可别让蛋糕烤煳了。"

阿尔弗雷德礼貌地道了谢，坐在火炉旁边。他努力地把精力集中到蛋糕上，可是不一会儿烦心事就充满了他的脑子。怎样重整军队？重整旗鼓后又怎样去迎战丹麦人？他越想越觉得前途渺茫，开始认为继续战斗也将无济于事。阿尔弗雷德只顾想自己的问题，他忘了自己是在伐木工的屋子里，忘了饥饿，忘了炉子上的蛋糕。

过了一会儿，女主人回来了，她发现小屋里烟熏火燎，蛋糕已经烤成焦炭。阿尔弗雷德坐在炉边，眼睛盯着炉火，他根本就没注意到蛋糕已经烤焦。

"你这个懒鬼，窝囊废！"女主人叫道，"看看你干的好事。你想吃东西，可你袖手旁观！好了，现在谁也别想吃晚餐了！"阿尔弗雷德只是羞愧地低着头。

这时，伐木工回来了。他一进家门就注意到这个坐在炉边的陌生人。"住嘴！"他告诉妻子，"你知道你在责骂谁吗？他就是我们伟大的国王阿尔弗雷德。"

女主人惊呆了，她急忙跑到国王面前跪下，请国王原谅她如此粗鲁。

但是明智的国王请女人站了起来。"你责怪我是应该的，"他说，"我答应你看着蛋糕，可蛋糕还是烤煳了，我该受惩罚。任何人做事，无论大小都应该认真负责。这次我没做好，但此类事情不会再有了，我的职责是做好国王。"

没过多久，阿尔弗雷德就重整自己的军队，把入侵者赶出了英格兰。

阿尔弗雷德大帝是9世纪英国西萨克森的国王，他保护英国免受丹麦人征服的决心和他对文化、教育的重视使他成为英国最受欢迎的国王之一。阿尔弗雷德用言行昭示人们：图谋大业必须从注重小节开始，领袖和责任密不可分。

智慧感悟

责任使弱者变强，让强者更强。没有风浪，就没有帆的本色。促使人成功的最大向导，就是从自己的错误中汲取教训并承担责任。

责任与你同行

本杰明·富兰克林小时候很喜欢钓鱼，他把大部分闲暇时间都花在了那个磨坊附近的池塘旁边。在那儿，他可以得到从远方游来的鲽鱼、河鲈和鳗鲡。

一天，大家都站在泥塘里，本杰明对伙伴们说："站在这里太难受了。"

"就是嘛！"别的男孩子也说，"如果能换个地方多好啊！"

在泥塘附近的干地上，有许多用来建造新房地基的大石块。本杰明爬到石堆高处。"喂！"他说，"我有一个办法。站在那烂泥塘里太难受了，泥浆都快淹没我的膝盖了，你们也差不多。我建议大家来建一个小小的码头。看到这些石块没有？它们都是工人们用来建房子的。我们把这些石块搬到水边，建一个码头。大家说怎么样？我们要不要这样做？"

"要！要！"大家齐声大喊，"就这样定了吧！"

他们决定当晚再聚到这里开始他们伟大的计划。在约定的时间里孩子们都到齐了，开始搬运石块。他们像蚂蚁那样两三个人一起搬一块石头。最后，他们终于把所有的石块都搬来了，建成了一个小小的码头。

"伙计们！现在，"本杰明喊道，"让我们大喊三声来庆祝一下再回去，我们明天就可以轻轻松松地钓鱼了。"

"好哇！好哇！好哇！"孩子们欢叫着跑回家去睡觉了，梦想着明天的欢乐。

第二天早晨，当工人们来做工时，惊奇地发现所有的石块都不翼而飞了。工头儿仔细地看了看地面，发现了许多小脚印，有的光着脚，有的穿着鞋，沿着这些脚印，他们很快就找到了失踪的石块。

"嘿，我明白是怎么回事了。"工头儿说，"那些小坏蛋，他们偷石头来建了一个小码头。不过，这些小鬼还真能干。"

他立即跑到地方法官那儿去报告。法官下令把那些偷石头的家伙带进来。

幸好，失物的主人比工头儿仁慈一点，否则本杰明和他的伙伴们恐怕就麻烦了。

石头的主人是一位绅士，他十分尊重本杰明的父亲，而且孩子们在这整个事件中体现出来的气魄也让他觉得非常有趣。因此，他轻易地放了他们。

但是，孩子们受到了来自他们父母的教训和惩罚。至于本杰明，他更害怕父亲的训斥而不是鞭打。事实上，他父亲的确是愤怒了。

"本杰明，过来！"富兰克林先生用他那一贯低沉而严厉的声音命令道。本杰明走到父亲的面前。"本杰明，"父亲问，"你为什么要去动别人的东西？"

"唉，爸爸！"本杰明抬起了先前低垂的头，正视着父亲的眼睛，"要是我仅仅是为了自己，我绝不会那么做。但是，我们建码头是为了大家都方便。如果把那些石头用来建房子，只有房子的主人才能使用，而建成码头却能为许多人服务。"

"孩子，"富兰克林严肃地说，"你的做法对公众造成的损害比对石头主人的伤害更大。我的确相信，人类的所有苦难，无论是个人的还是公众的，都来源于人们忽视了一个真理，那就是罪恶只能产生罪恶。正当的目的只能通过正当的手段去达到。"

富兰克林一生都无法忘记他和父亲的那次谈话。在他以后的人生道路上，他始终实践着父亲教给他的道理。后来他成为美国有史以来最杰出的政治家和外交官之一。

智慧感悟

责任可以让一个人变得更加成熟。当一个人的责任心在心底萌发时，就是他走向成熟的开始。生活中不仅有快乐和享受，还有责任和压力。既然不能选择放弃或逃避，那何不勇敢地去承受和担当呢？

一个编辑的责任感

兰多姆出版社的编辑萨克斯·康明斯是一位备受好评与尊敬的编辑，因为他是一位相当专业、具有高尚职业道德的编辑。曾经有人这样赞美他："他用蓝铅笔一挥，光秃秃的岩石也能冒出香槟酒来。"

萨克斯在30岁时，就已对编辑业务运用自如。他具有真正的文体感和渊博的文学知识，而且掌握许多具体的出版工艺：从设计、出书，直到适当的发行工作。作为一个编辑能做到这些，也算是难能可贵了。

哥伦比亚大学的莫里斯·瓦伦西教授把他的书稿《第三重天》送到萨克斯供职的兰多姆出版社。萨克斯审阅了这部著作，他认为："对我来说，这是一部明达而深入的研究著作，在内容、风格和学术方面都很丰富，完全应该出版。"他还肯定地说："我可以很有把握地说，如果我们不出版这部书，别的出版社也会出版。但我们是第一个读到这本书的出版社。"尽管萨克斯对《第三重天》抱有如此充分的自信和热情，《第三重天》还是被他的同事所否定。按常规，责任编辑的推荐若无效，书稿退回作者就行。然而作为编辑的萨克斯并没有就此撒手，他不忍心让一部确有价值的书稿就此泯没。在给莫里斯的信中，他仍然鼓励作者："我个人认为，你的著作是会使牛津大学出版社的书目为之生色不少的，我大力请求把稿子寄给他们。实际上，我很愿意向那个出版社推荐你的书稿。"为了使《第三重天》能够顺利出版，他对书名仔细斟酌："在书名方面能允许我提个建议吗？《爱的颂歌》怎么样？请考虑这个替换的书名。"萨克斯逝世后，这部由他改了书名为《爱的颂歌》的书稿，终于经过周折坎坷而由麦克米伦公司出版了。

畅销书作家巴德·舒尔伯格写完《在滨水区》的初稿，正要润色付印时，该小说的电影拍摄权已卖出去了。这时，就有个小说、电影一决先后的问题。萨克斯完全可以尽快推出小说：印小说毕竟快于拍电影吧！然而，他不，他认为"清样送来了，还得仔细校阅，特别要核实滨水区流行的那些行话是否真有那么回事"。于是，他把给巴德提供过滨水区真实情况的码头工人布朗请来。"办公室里太乱，人们又太好奇，根本没法工作。在家里干，有这个码头工人在身旁，校对工作的进展会快得多，清样马上就能送出去。"他这样打电话给夫人。于是，一应食宿，均在其家。

一个尽职尽责的编辑就是如萨克斯一样，心里只有三样——读者、作者和作品，对三者没有丝毫怠慢，这是他最可贵的职业道德和思想素质。

★☆★ 智慧感悟 ★☆★

对有的人来讲，责任重于泰山；对有的人来说，责任轻如鸿毛。从个人的责任心，完全可以看出这个人的内在品性来。

救死扶伤的劫犯

有一次，一个劫犯在抢劫银行时被警察包围，无路可退。情急之下，劫犯顺手从人群中拉过一个人当人质。他用枪顶着人质的头部，威胁警察不要走近，并且喝令人质听从他的命令。警察四散包围，劫犯挟持着人质向外突围。突然，人质大声呻吟起来。劫犯忙喝令人质住口，但人质的呻吟声越来越大，最后竟然成了痛苦的呐喊。劫犯慌乱之中才注意到人质原来是一个孕妇，她痛苦的声音和表情证明她在极度惊吓之下马上要生产。鲜血已经染红了孕妇的衣服，情况十分危急。

一边是漫长无期的牢狱之灾，一边是一个即将出生的生命。劫犯犹豫了，选择一个便意味着放弃另一个，而每一个选择都是无比艰难的。四周的人群，包括警察在内都注视着劫犯的一举一动，因为劫犯目前的选择是一场良心、道德与金钱、罪恶的较量。

终于，他将枪扔在了地上，随即举起了双手。警察一拥而上，围观的人群中竟然响起了掌声。

孕妇不能自持，众人要送她去医院。这时，已戴上手铐的劫犯忽然说："请等一等好吗？我是医生！"警察迟疑了一下，劫犯继续说，"孕妇已无法坚持到医院，随时会有生命危险，请相信我！"警察终于打开了劫犯的手铐。

一声洪亮的啼哭声惊动了所有人，人们高呼万岁，相互拥抱。劫犯双手沾满鲜血——是一个崭新生命的鲜血，而不是罪恶的鲜血。他的脸上挂着职业的满足和微笑。人们纷纷向他致意，忘了他是一个劫犯。

警察将手铐戴在他手上，他说："谢谢你们让我尽了一个医生的职责。这个小生命是我从医以来第一个从我枪口下出生的婴儿，他的勇敢征服了我。我现在希望自己不是劫犯，而是一名救死扶伤的医生。"

★☆★ 智慧感悟 ★☆★

也许我们一辈子也无法做出什么惊天动地的大事，也不会成为永载史册的伟人，但我们能够尽自己所能忠于自己的职责。生活中，如果我们也肯舍身完成自己的使命，那还有什么比这更可贵的呢？

尽职尽责到底

一位名医，在当地享有盛誉。有一天，一位年轻妇女来找他看病。名医检查后发现，她的子宫里有一个瘤，需要手术切除。

手术很快就安排好了。手术室里都是最先进的医疗器材，对这位有过上千次手术经验的名医来说，这只是个小手术。

他切开病人的腹部，向子宫深处观察，准备下刀。但是，他突然全身一震，刀子停在空中，豆大的汗珠儿冒上额头。他看到了一件令他难以置信的事：子宫里长的不是肿瘤，是个胎儿！

他的手颤抖了，内心陷入矛盾的挣扎中。如果硬把胎儿拿掉，然后告诉病人，摘除的是肿瘤，病人一定会感激得恩同再造；相反，如果他承认自己看走眼了，那么，他将会声名扫地。

经过几秒钟的犹豫，他终于下了决心，小心缝合刀口之后，回到办公室，静待病人苏醒。然后，他走到病人床前，对病人和病人的家属说："对不起！我看错了，你只是怀孕，没有长瘤。所幸及时发现，孩子安好，一定能生下个可爱的小宝宝！"

病人和家属全呆住了。隔了几秒钟，病人的丈夫突然冲过去，抓住他的衣领，吼道："你这个庸医，我要找你算账！"

孩子果然安好，而且发育正常，但医生被告得差点儿破产。

有朋友笑他：为什么不将错就错？就算说那是个畸形的死胎，又有谁能知道？

"老天知道！"名医只是淡淡一笑。

智慧感悟

一位哲人曾说过："当我们竭尽全力、尽职尽责时，不管结果如何，我们都赢了。因为这个过程带给我们的满足，将使我们都成为赢家。"找借口的唯一好处就是安慰自己："我做不到是可以原谅的。"尽职尽责能给你带来一种特殊的成功，一种自我超越的成功。尽职尽责是成功的源泉。

责任提升价值

张强很不满意自己的工作，他愤愤不平地对朋友说："我在公司里的工资是最低的。并且，老板也不把我放在眼里，如果再这样下去，我就辞职不干了。"

"你对公司的业务流程熟悉吗？对于他们所做的电子商务的窍门完全弄清了吗？"他的朋友问他。

"没有，我懒得去钻研那些东西。"张强漫不经心地回答他的朋友。

"我建议你先静下心来，抱着积极的态度，认认真真地对待自己的工作，好好地把业务技巧、商业秘诀、客户特点完全搞懂，甚至包括签订合同都弄懂了之后，再做决定，这样，你可能会有更多收获。"

张强听从了朋友的建议，一改往日散漫的习惯，开始积极地投入到工作之中，下班以后还常常在办公室里研究商业文书的写法。

半年后，他和那位朋友又聚到了一起。

"你现在大概都学会了，是不是准备不干了？"那位朋友问他。

"可是，这几个月来，老板对我刮目相看。最近，更是委以重任，又升职，又加薪，我都快成了公司里的红人了。所以，我想留下来继续发展，不打算跳槽了。"张强乐呵呵地对他的朋友说。

"这种情况，我早就料到了。"他的朋友也笑着说，"当初你的老板不重视你，是因为你在工作中自由散漫、敷衍了事，又不努力学习，老板觉得你不会有什么作为。现在，你工作态度这么积极，担当的任务多了，能力也强了，当然会令他刮目相看了。"

★★★ 智慧感悟 ★★★

成功的力量就潜藏在我们自己体内，寻求外界的帮助是徒劳无益的。奥芝法则告诉我们一个真实的道理，那就是：在充满挫折的人生道路上，勇于负责，面对现实，凝聚力量，这样，我们的未来才会更加灿烂光明。

王子的仆人

一位马尔他王子一天夜里因为口渴而打算到厨房倒杯水喝，结果在卧室外看见他的一个仆人正紧紧地抱着他的一双拖鞋睡觉，他走上前去试图把那双拖鞋拽出来，但因仆人抱得太紧而拽不出来。这件事给这位王子留下了深刻的印象，他立即得出结论：对小事都如此负责的人一定很忠诚，可以委以重任。于是，王子把那个仆人升为自己的贴身侍卫，结果证明王子的判断是正确的。那个年轻仆人一步一步很快当上了马耳他的军事司令，他的美名最后传遍了整个西印度群岛地区。

马丁·路德·金深谙这一原则的价值。他说："尽管人们的能力、背景甚至选择都各不相同，但都可以出色地完成身边的小事。"他曾写道："如果你是清洁工，那么你就认真清扫马路吧，就像莫扎特作曲、拜伦写诗、塞尚作画一样。这样，当你离开这个世界去到天堂时，天主就会说：'这是一个尽职尽责的清洁工。'"

★智 慧 感 悟★

忠诚是责任最高形式的表现。一个人的忠诚不仅不会让他失去机会，还会让他赢得机会。除此之外，他还能赢得别人对他的尊重和敬佩。人们应该意识到，取得成功最重要的因素不是一个人的能力，而是他优良的道德品质。所以，阿尔伯特·哈伯德说："如果能捏得起来，一盎司忠诚相当于一磅智慧。"

放弃责任就等于放弃机会

尼克和塞尔是速递公司的两名速递员，他们俩是工作搭档，工作一直很认真，也很尽心尽力。老板对这两名员工很满意，然而后来发生的一件事改变了两个人的命运。

一次，尼克和塞尔负责把一件很贵重的花瓶送到码头，老板一再叮嘱他们路上要小心。没想到送货车开到半路抛锚了，而如果不按规定时间送到，他们要被扣掉半个月的奖金。

于是，尼克背起邮件，一路小跑，终于在规定的时间赶到了码头。这时，塞尔说："我来背吧，你去叫货主。"他心里暗想，如果客户看到我背着邮件，把这件事告诉老板，说不定老板会给我加薪呢。他只顾打着自己的小算盘，当尼克把邮件递给他的时候，他一下没接住，邮包掉在地上，"哗啦"一声，花瓶碎了。

"你怎么搞的，我没接你就放手。"塞尔大喊。

"你明明伸出手了，我递给你，是你没接住。"尼克辩解道。

他们都知道花瓶打碎了意味着什么，没了工作不说，可能还要加倍赔偿，自己因此会背上沉重的债务。果然，老板对他们进行了十分严厉的批评。

"老板，不是我的错，是尼克不小心摔碎了。"塞尔趁着尼克不注意，偷偷来到老板办公室对老板说。老板平静地说："谢谢你，塞尔，我知道了。"

老板把尼克叫到了办公室。尼克把事情的经过告诉了老板，最后说："这件事是我们的错，我愿意承担责任。另外，塞尔的家境不太好，他的责任我愿意承担。我一定会弥补我们所造成的损失。"

尼克和塞尔一直等待着处理的结果。一天，老板把他们叫到了办公室，对他们说："公司一直对你俩很器重，想从你们两个当中选择一个人担任客户部经理，没想到出了这样一件事，不过也好，这会让我们更清楚哪一个是合适的人选。我们决定请尼克担任公司的客户部经理。因为，一个能勇于承担责任的人是值得信任的。塞尔，从明天开始你就不用来上班了。"

"老板，为什么？"塞尔不解地问。

"其实，花瓶的主人看到了你们俩在递接花瓶时的动作，他跟我说了他看见的事实。还有，我看见了问题出现后你们两个人的反应。"老板最后说。

社会学家戴维斯说："放弃了自己对社会的责任，就意味着放弃了自身在这个社会中更好的生存机会。"

放弃自己应当承担的责任，或者蔑视自身的责任，这就等于在可以自由通行的路上自设路障，摔跤绊倒的也只能是自己。

为自己的行为埋单

在南太平洋番地考斯特岛上，有一种古老的仪式：人们需要通过高空弹跳来取悦神灵以确保山芋丰收。

弹跳者仔细挑选地点，他们用树枝及树干来搭盖高塔，然后用藤蔓把整个跳台捆束妥当。每个弹跳者要为搭盖工程负责，如果有任何差错，没有任何人会代他负责，当然也没有人能抢去弹跳成功者的功劳。

弹跳者要选择自己使用的跳藤，寻找恰到好处的长度，让自己在以头朝下、脚朝上的姿态坠落时，头发刚好擦到地面。如果跳藤太长，就会有一次致命的坠落；太短则会把弹跳者弹回平台，这样可能会对他今年的收成有不利的影响。

在弹跳的当天，弹跳者爬上 65 ~ 85 尺高的跳塔，绑上他所挑选的藤条，踏上平台，来到高塔最狭窄的一端，然后纵身跃下。

弹跳者可以在最后一刻改变主意，放弃弹跳，这样也不会被认为是件耻辱的事。但大部分人愿意做这件事，愿意 100% 为自己的行为负责。

智慧感悟

　　每个人都没有抱怨自己处境的资格。因为无论好坏都是自己的行为所造成的，我们自己具有自主选择权。

　　我们应该为自己的言行负责，永远不能指望别人来为我们埋单，这是对生命、对自己最大的尊重。责任感是我们每个人心中的闪亮之剑，有了这柄"尚方宝剑"就能一路披荆斩棘，无往不胜。

第六章

告别懦弱，勇敢是生命的底色

心有多大，舞台就有多大。如果一个人丝毫不存突破前人、超越自我的气魄，那么他的心只会围于现有的视野，不能立在更高、更新、更奇的角度去观察。成功意味着超越平庸，而要冲出平庸的束缚，就必须具备突破现状的勇气。

战胜自己，克服自己的胆怯，就等于战胜了最强大的敌人。无论做什么事情，我们都应当勇敢地面对挑战，只有不断地挑战自我、超越自我，才能够战胜成长过程中的一个个困难，成为最好的自己。

勇敢的比尔·盖茨

科莱特在 1973 年考进哈佛大学，经常坐在他身边的同学，是一个 18 岁的美国青年。大二那年，这位小伙子邀科莱特一起退学，因他决定去开发 Bit 财务软件，想找科莱特一起合作。

科莱特拒绝了，他想到自己好不容易来到这里求学，怎么可以轻易退学？更何况那项系统的研发才刚起步，墨尔斯博士也只教了点皮毛而已。他认为要开发 Bit 财务软件，必须读完大学的全部课程才行。

10 年后，科莱特终于成为哈佛大学 Bit 领域的高手，而那位退学的小伙子，也在这一年挤进了美国亿万富翁的行列。

当科莱特拿到博士学位之时，那位曾经同窗的青年则已经成了美国第二大富豪。

在 1995 年，科莱特终于认为自己具备足够学识，可以研究并开发 Bit 财务软件时，那位小伙子已经绕过 Bit 系统，开发出 Eip 财务软件，而且在两周之内，这个软件便占领了全球市场。这一年，他成为世界首富，他的名字叫作比尔·盖茨。

智慧感悟

勇气的有无与成就的大小成正比。一些踌躇满志的青年本来可以拥有更大的成就，但是他们不敢冒险，宁愿选择中规中矩地生活。

财富与荣耀从来就是冒险家的专利，没有足够的魄力如何成就一番惊天动地的伟业？人们的命运都是自己选择的结果，我们就是自己的雕塑师，什么形象都掌握在你的手中。

乘势做大事

李嘉诚是香港著名的大商人，不但事业有成，而且他本人的人品和商业道德亦为人们广为传颂。

1966 年年底，低迷了近两年的香港房地产业开始复苏。但是，因为香港当时面临的复杂的政治、经济形势，"中共即将武力收复香港"的谣言四起，香港人心惶惶，触发了自第二次世界大战后的第一次大移民潮。

移民者自然以有钱人居多，他们纷纷贱价抛售物业。因此，新落成的楼宇无人问津，整个房地产市场卖多买少，有价无市。地产商、建筑商焦头烂额，一筹莫展。

李嘉诚一直在关注、观察时势，经过深思熟虑，他毅然采取惊人之举：人弃我取，趁低吸纳。李嘉诚在整个大势中逆流而行。

从宏观上看，他坚信世间事乱极则治、否极泰来；就具体状况而言，他相信中国政府不会以武力收复香港。保持香港的现状，是考虑保留一条对外贸易的通道，现在的国际形势和香港的特殊地位并没有改变，因此，中国政府收复香港的可能性不大。

正是基于这样的分析，李嘉诚做出"人弃我取，趁低吸纳"的决策，并且将此看作是千载难逢的拓展良机。

于是，在整个行市都在抛售的时候，李嘉诚不动声息地大量收购。他将买下的旧房翻新出租，又利用地产低潮建筑费低廉的良机，在地盘上兴建物业。

李嘉诚的行为需要卓越的胆识和气魄。不少朋友为他的"冒险"捏一把汗；同业的地产商，则纷纷等着看他的笑话。

这场战后最大的地产危机，一直延续到 1969 年。

1970 年，香港百业复兴，地产市道转旺。这时，李嘉诚已经聚积了大量的收租物业。从最初的 12 万平方英尺，发展到 35 万平方英尺，每年的租金收入达 390 万港元。

李嘉诚成为这场地产大灾难的大赢家，并为他日后成为地产巨头奠定了基石。

★★★★★★★★ 智慧感悟 ★★★★★★★★

商机往往和危机连在一起。每个进取者都希望求取势能，只有那些乘势敢为，通过自身的努力，谋求发展的人，才能成就大业。

80 美元环绕地球

谁能用 80 美元环游世界？这在大多数的人听来都是绝不可能的，但是罗伯特做到了。罗伯特·克利斯朵夫是一位摄影师，在年轻的时候，他像许多青年人一样，喜欢读科幻小说。当他读完儒勒·凡尔纳的科幻小说《八十天环游地球》后，他的想象力和内心潜在的勇气被激发了。

罗伯特告诉朋友："别人用 80 天环绕地球一周，现在我为什么不能用 80 美元环绕地球一周呢？我相信如果我有足够的勇气，任何地方我都可以到达。

"我想，别的人能够在货轮上工作而得以横渡大西洋，再搭便车旅行全世界，我为什么就不能呢？"

朋友笑着说："你的想法太天真了！"

　　罗伯特没有理睬他们的嘲笑，而是从他的衣袋里拿出自来水笔，在一张便条上列了一个他所能想到的在旅途中将会遇到的困难表，并仔细地记下解决每个困难的办法。

　　罗伯特没有拖延一分钟，他开始行动了。

　　他先和经营药物的查尔斯·菲兹公司签订了一份合同，保证为这家药物公司提供他所要旅行的国家的土壤样品。他又想办法获得了一张国际驾照和一套地图，条件是他提供关于中东道路情况的报告。他四处奔波，让朋友设法替他弄到了一份海员文件，并且获得了纽约警察部门开出的关于他无犯罪记录的证明。为了旅行，他想得很周全，甚至为自己准备了一个青年旅舍的会籍。

　　最后他又与一个货运航空公司达成协议，该公司同意他搭飞机越过大西洋，只要他答应拍摄照片供公司宣传之用。

　　只有26岁的罗伯特完成了上述计划，他在衣袋里装了80美元，便乘飞机和纽约市挥手告别，开始了他80美元周游世界的梦想。

　　在加拿大的纽芬兰岛甘德城，罗伯特吃了第一顿早餐。他不能用他可怜的80美元来付早餐费，那么他是怎样做的呢？他给厨房的炊事员照了相，大家都很高兴。

　　在爱尔兰的珊龙市，罗伯特花4.8美元买了4条美国纸烟。罗伯特深知，在许多国家里纸烟和纸币作为交易的媒介物是同样便利的。

　　从巴黎到了维也纳，精明的罗伯特送给司机一条纸烟作为报酬。从维也纳乘火车，越过阿尔卑斯山，到达瑞士，罗伯特又把一包纸烟送给列车员，作为他的酬谢。

　　在叙利亚首都大马士革，罗伯特热心地给当地的一位警察照了相，这位警察为此感到十分自豪，找了一辆公共汽车免费为他服务。伊拉克特快运输公司的经理和职员特别喜欢罗伯特为他们照的相。作为感谢，他们邀请罗伯特乘他们的船从伊拉克首都巴格达到达伊朗首都德黑兰。

　　在曼谷，罗伯特向一家极豪华的旅行社经理提供了一些他们急需的信息——一个特殊地区的详细情况和一套地图。他为此得到了像国王一样的招待。

最后，作为"飞行浪花"号轮船的一名水手，他从日本到了旧金山。

罗伯特·克利斯朵夫用84天周游了世界，并且他所有的旅资加起来只有80美元。

★ 智 慧 感 悟 ★

80美元环游世界，这简直是异想天开，然而罗伯特做到了。由此可见，人生中的许多事情其实并非想象中的那样遥不可及，只要我们有试一试的勇气，说不定，下一个创造奇迹的人就是你。

勇敢的斯巴达人

波斯王薛西斯一世率领强大的军队从东边向希腊进军，他们沿着海岸行进，几天之后就会到达希腊。希腊由此而陷入危险困境之中。希腊人下定决心抵抗入侵者，保卫他们的民众和自由。

波斯军队只有一个途径可以从东边进入希腊，那就是经由一个山和海之间的狭窄通道——瑟摩皮雷隘口。

守卫这个隘口的是斯巴达人——里欧尼达斯，他只有几千名士兵。波斯的军队比他们强大许多，但是他们充满信心。在波斯军队两天的攻击后，里欧尼达斯仍然守住了隘口。但是那天晚上，一个希腊人出卖了一个秘密：隘口不是唯一的通路，有一条长而弯曲的猎人步径可以通到山脊上的一条小路。

叛徒的计划得逞了。守卫那条秘密小径的人受到袭击而退败，几个士兵及时逃出去报告里欧尼达斯。

面对如此严峻的形势，里欧尼达斯以大无畏的勇气制订了作战计划：他命令大部分的士兵，偷偷从山里回到需要他们保护的城市，只留下他的 300 名斯巴达皇家卫兵保卫隘口。波斯人攻来了，斯巴达人坚守隘口，但因为明显的形势差异，他们一个接一个地倒下去了。当他们的矛断裂时，他们肩并肩站着，以他们的剑、匕首或拳头和敌人作战。

所有的斯巴达人都被杀死了，他们原来站立的地方只有一堆尸体，而尸体上竖立着矛和剑。

薛西斯一世攻下了隘口，但是耽搁了数天。然而，就是这短短数天让他付出了极为惨重的代价。希腊海军得以聚集起来，而且不久之后，他们便将薛西斯一世赶回亚洲了。

许多年后，希腊人在瑟摩皮雷隘口竖起了一座纪念碑，碑上刻着这些斯巴达人勇敢保卫他们家园的纪念文：

旅行者，先不要赶路，驻足追念斯巴达人，在此，如何奋战到最后。

★智慧感悟★

斯巴达人的勇敢与强悍举世闻名，至今几乎成为勇气的象征。他们是一群真正的勇士，并没有辱没"勇敢"这个高贵的字眼。同样，我们每个人都拥有自己辽阔而美丽的蓝天，也都拥有一双为飞上蓝天做准备的翅膀，那就是激情、意志、勇气和希望。我们的翅膀也常常会被折断，也许会变得疲软无力，这个时候，我们能忍受剧痛，拒绝怜悯、挑战自我，永不坠落地飞翔吗？一个不敢挑战自我的人，只能懦弱地活着。只有勇于挑战自我，才会拥有更多的机会和成功。有句格言说得好："失败者任其失败，成功者创造成功。"胜利者天生是倾向行动的人、倾向挑战的人。人生到处充满挑战，成功的关键在于你是否有勇气接受挑战，激发挑战挫折的气魄。

推走心灵的巨石

有一个国王决定从他的 10 位王子中选一位做继承人。他私下吩咐一位大臣在一条两旁临水的大道上放置了一块"巨石",想要通过这条路,都得面临这块"巨石",要么把它推开,要么爬过去,要么绕过去。然后,国王吩咐王子们先后通过那条大路,把一封密信尽快送到一位大臣手里。王子们很快就完成了任务。国王开始询问王子们:"你们是怎么把信送到的?"

一个说:"我是爬过那块巨石过去的。"一个说:"我是划船过去的。"也有的说:"我是从水里游过去的。"

只有小王子说:"我是从大路上跑过去的。"

"难道巨石没有拦你的路?"国王问。

"我用手使劲一推,它就滚到河里去了。"

"这么大的石头,你怎么会想到用手去推呢?"

"我不过是试了试,"小王子说,"谁知我一推,它就动了。"

原来,那块"巨石"是国王和大臣用很轻的材料仿造的。自然,这位敢于尝试的小王子继承了王位。

★智慧感悟★

很多时候,困难并不像我们想象的那么可怕,只要我们突破内心的恐惧,勇于尝试,再大的困难也会被我们"推走"。

什么是真正的勇气

三名海军上将谈论起什么是真正的勇气。

德国将军说："我告诉你们什么是勇气。"说完他召来一名水手。"你看见那根 100 米高的旗杆了吗？我希望你爬到顶端，举手敬礼，然后跳下来！"

德国水手立即跑到旗杆前，迅速爬到顶上，漂亮地敬了个礼，然后跳下来。

"啊，真出色！"美国将军称赞说。然后他对一名美国水兵命令道："看见那根 200 米高的旗杆了吗？我要你爬到顶，敬礼两次，然后跳下来。"

美国水兵非常出色地执行了命令。

"啊，先生们，这真是一次令人难忘的表演。"英国将军说，"但我现在要告诉你们，我们皇家海军对勇气的理解。"

他命令一名水手："我要你攀上那根高 300 米的旗杆顶端，敬礼三次，然后跳下来。"

"什么？要我去干这种事？先生你一定神经错乱了！"英国水手瞪大眼睛叫了起来。

"瞧，先生们，"英国将军得意地说，"这才是真正的勇气。"

★智慧感悟★

勇气如果没有智慧帮忙，那么它上演的一定会是一场闹剧。当智慧与勇敢携手合作，人生这台大戏才会有看头，才会精彩绝伦。所谓蛮力之勇并非真正的勇敢，真正的勇气从来都来自于一个充满智慧的心灵。

懦弱的卡夫卡

懦弱性格是否就注定一事无成呢？

事实证明并不是这样！

举世闻名的伟大作家卡夫卡生为男儿身，却没有任何男子汉的气概和气质。在他身上根本找不到那种知难而进、宁折不弯、刚烈勇敢的男子汉精神。他短暂的一生中一直对父母有比较强的依赖性，缺乏独立精神。因此，卡夫卡身上最为突出的性格特征是懦弱，是一种男人身上少见的懦弱。

卡夫卡懦弱的性格是他的生活环境和家庭造成的，或者说是他的父母后天塑造的。1883年，卡夫卡出生在奥匈帝国所辖布拉格市的一个犹太商人家庭。父母给他起名"卡夫卡"。在当时，犹太人的地位十分低下，这个姓氏是强加给犹太人的，并且带有贬义。卡夫卡出生在这样一个地位低下的犹太人家庭，而且他的名字本身就意味着一种被压迫的屈辱。

卡夫卡的父亲出身贫寒，仅靠一家小商店来维持生计，在那样一个动荡的年代里，卡夫卡家一方面没有任何的社会地位；另一方面经济状况十分窘迫，过着捉襟见肘的日子。然而，对于卡夫卡来说，生活上的艰辛与困苦是可以忍受的，给他幼小心灵留下累累的、终生难以治愈的创伤的，是父亲对他无休止的粗暴。卡夫卡一生都无法理解父亲对他的粗暴与专横。

年幼的卡夫卡日复一日地这样生活着。生活上的每一个细节、每一件小事对他来说都可能是一个不大不小的灾难，都可能成为父亲发火，乃至大发雷霆的借口。有些时候，父亲对他发的火让他不知所措，弄得他左右为难，对干什么事情都没有把握，从根本上丧失了自信心。他的父亲本来想利用他所设想的那种军队式的、高压的方式，达到教育子女成才的目的，但他的叫骂、恐吓等，不但没有把卡夫卡造就成男子汉，反而使卡夫卡一步步逃离现实世界，性格变得格外懦弱。

　　紧张、压抑、犹豫环境中成长的卡夫卡完全失去了自信心，也逐步丧失了自我，什么事情都显得动摇不定、犹豫不决。这种环境使卡夫卡早早地产生了逃离现实生活的想法。现实生活对他实在太残酷了，只有在他的非现实世界——内心世界里，他似乎才能摆脱现实世界的烦恼。犹太人的社会境地和备受排斥、压迫的现实，也在卡夫卡幼小的心灵上留下了创伤。随着年龄的增长，卡夫卡越发感觉周围的一切是那么不可抗拒、不可改变，而只有在他的内心深处，在他自己用想象构造的世界里，他才能找到少许宁静和安慰。这种逃遁实际上是对现实生活的一种反抗，只是这种反抗和卡夫卡的性格一样，显得非常软弱。

　　卡夫卡直到进入学校依然保持着这种非常懦弱的性格，很少与人交往，也没有朋友，整天活在自己的世界里。幸运的是，这时的他开始接触文学，并对此产生了浓厚的兴趣，阅读和写作就占据了他的大部分时间。

　　卡夫卡的懦弱让他选择了逃遁，逃向他钟爱的文学。文学，不仅是卡夫卡心灵的家园，也是他生命中的唯一选择。文学是他的王国，在那里，人们处处可以看到卡夫卡的影子。只有文学，只有在文学的王国里，人们才能够看到卡夫卡拥有了勇气，摆脱了懦弱。是的，懦弱的卡夫卡选择了并不懦弱的事业，并且取得了并不懦弱的成就。因此，对一切懦弱者来说，没有必要去放弃。

★★智慧感悟★★

　　懦弱性格的人胆小怕事，遇事好退缩，容易屈从他人。但是，性

格懦弱的人又常常情感丰富、观察敏锐、感受细腻，他们是天生的文学艺术之才。在文学艺术的世界里，懦弱的性格找到了理想的归宿，这一类人在其中如鱼得水，任性畅游。

对于我们大多数人来讲，有时难免会有懦弱的表现，例如逃避问题。不过，正如罗斯福总统的那句名言所说——我们唯一值得恐惧的是恐惧本身。忘却恐惧本身，告别懦弱，不要试图逃避，学会展现自己的特长，这必然会将你引入到另一个全新的境地，任你肆意遨游驰骋，开创出一番别样的天地。

顽强坚毅的海明威

人的一生不可能是一帆风顺的，总会存在着这样或者那样的挫折和困难。也正因为如此，很多人在面对挫折与困难时丧失了挑战的勇气，从此甘于平庸；而有些人则凭着自己顽强不屈的性格勇敢地挑战挫折和困难，并最终取得了胜利。

1899 年 7 月 21 日，海明威出生于美国伊利诺伊州芝加哥市郊的橡树园镇，他 10 岁开始写诗；17 岁时发表了他的小说《马尼托的判断》。上高中期间，海明威经常在学校周刊上发表作品。

14 岁时，他学习拳击，第一次训练，海明威被打得满脸鲜血，躺倒在地。但第二天，海明威裹着纱布继续参加训练。20 个月之后，海明威在一次训练中被击中头部，伤了左眼，这只眼的视力再也没有恢复。

1918 年 5 月，海明威志愿加入赴欧洲红十字会救护队，在车队当司机，被授予中尉军衔。7 月初的一天夜里，他的头部、胸部、上肢、下肢都被炸成重伤，人们把他送进野战医院。他的膝盖骨被打碎了，身上中的炮弹片和机枪弹头多达 230 余片。他一共做了 13 次手术，换上了一块白金做的膝盖骨。有些弹片没有取出来，直至他去世时仍留在体内。他在医院躺了 3 个多月，接受了意大利政府颁发的十字军勋章和勇敢勋章，这一年他刚满 19 岁。

1929 年，海明威的《永别了，武器》问世，作品获得了巨大的成功。成功后的海明威便开始了新的冒险生活。1933 年，他去非洲打猎和旅行，并出版了《非洲的青山》一书。1936 年，写成了短篇小说《乞力马扎罗的雪》和《麦康伯短暂的幸福生活》。

1939 年，他完成了他最优秀的长篇小说《丧钟为谁而鸣》。

日本偷袭珍珠港后，海明威参加了海军，他以自己独特的方式参战，他改装了自己的游艇，配备了电台、机枪和几百磅炸药，在古巴北部海面搜索德国的潜艇。

1944 年，他随美军在法国北部诺曼底登陆。他率领法国游击队深入敌占区，获取大量情报，并因此获得一枚铜质勋章。

海明威在他的作品中塑造了一系列"硬汉子"——打不败的人，这是海明威所追求的永恒的东西——坚毅的品格、顽强的精神。

他靠着顽强的性格战胜了一切在常人看来不可能战胜的困难和挫折。就在他生命的最后，海明威鼓足力量，做了最后的冲刺。1952 年发表的中篇小说《老人与海》给他带来了普利策文学奖和诺贝尔文学奖的崇高荣誉。《老人与海》中的老人是海明威最后的硬汉形象。那位老人遇到了比不幸和死亡更严峻的问题：失败。老人拼尽全力，只拖回一具鱼骨。"一个人并不是生来就要给打败的，你尽可以消灭他，可就是打不败他。"这是老人的话，也是海明威人生的写照。

记住莎士比亚曾经写下的一句话："当太阳下山时，每个灵魂都会再度诞生。"

再度诞生就是你把失败抛到脑后的机会。恐惧、自我设限以及接受失败，最后只会使你"困在沙洲和痛苦之中"。你完全可以借着你的顽强来克服那些弱点，你要在你的心里牢记：每一次的逆境、挫折、失败以及不愉快的经历，都隐藏着成功的契机，上帝就是利用失败及打击来让我们变得更加顽强，从而能真正承担我们活着的使命。

★☆ 智慧感悟 ☆★

成功者并不一定都具有超常的智能，命运之神也不会给予他特殊的照顾。相反，几乎所有成功的人都经历过坎坷，命运多舛的他们之所以在不幸的逆境中奋然前行，成功的人有着顽强拼搏的精神，这种精神让他们在困难和挫折面前不会消沉、不会堕落，反而越挫越勇，最后成为"真的猛士"，并在历经艰难险阻、风风雨雨之后收获一片属于自己的天地。

勇敢无畏的巴顿将军

凡是想成大事者都必须像一只猛船在激流中挺进，这是因为——人生就像一条河，时而漩涡，时而平缓，时而湍急。你在河流当中，可以选择较安全的方式，沿着岸边慢慢移动；也可以停止不动，或者在漩涡中不停打转。你还可以接受挑战，用挑战来检测你的勇气。历史上有名的巴顿将军就是凭借勇气成就了他的戎马一生。

1885 年，巴顿诞生在一个军人世家，家庭环境的熏陶、正规的训练、先天的遗传基因，使巴顿与战争、军事结下终生不解的缘分。1906 年，巴顿从美国著名的西点军校毕业，出任第 1 集团军第 15 骑兵团少尉，正式开始了他的军旅生涯。

巴顿杰出的军事才能和古代骑士般的勇敢顽强很快让他得到了美国军界要员的青睐，由于他的表现优秀，其军阶不断得到提升。

战争和战场是军人大展个人才能的最佳场所，也是将军成长最好的"摇篮"。军人的天职之一是制止战争、保卫和平，但军人并不惧怕战争，尤其是像巴顿这样有着勇猛性格的军人。

在第一次世界大战为数不多的战役中，巴顿表现出了军人应有的勇敢。他和士兵一起冒着枪林弹雨，冲锋陷阵。在大战结束前夕，巴顿肋部负伤，但他并没有因伤退出战场，反而在伤口尚未愈合时，急于返回战场继续战斗。

第二次世界大战中，在盟军准备开辟"第二战场"时，巴顿出任第3集团军司令。巴顿如鱼得水般地活跃在战场上，他简直成了欧洲战场上纳粹的克星，他出现在哪里，哪里便成为纳粹的坟墓。在消灭法西斯的最后战争中，巴顿和他的第3集团军参战时间为281天，一直保持着100多英里宽的进攻正面，向前推进了1000多英里，解放了上万座城镇和村庄，消灭、俘虏敌军近150万。这些数字，既是人类军事史上辉煌的纪录，也是巴顿的骄人战绩。即使在"将星闪烁"的第二次世界大战期间，超过巴顿战绩的将帅也不过数人。这次战争将巴顿推向了荣誉、人生的顶峰。

在巴顿身上，尤其是作为将军的巴顿，勇猛是他突出的优点，是他生命中的闪光点，曾为他赢得了声望和名誉。在巴顿那里，勇猛似乎代替了一切，也确实让巴顿发挥了自己的才干，成就了他辉煌的戎马一生。

智慧感悟

生活中总是有那么多的"不可能"驻扎在我们的心头，无时无刻不吞噬着我们的理想和意志，让我们一步步在"不可能"中离自己的梦想和目标越来越遥远。其实，有太多的"不可能"只不过是一只只"纸老虎"，只要我们拿出勇气来主动出击，那么，"不可能"也会变为"可能"。

盲人跳伞

这是一位名叫杰克逊的学生的经历，它对杰克逊的生活产生了巨大的影响。

在休闲活动走向惊险刺激的潮流之下，许多人选择了跳伞训练来挑战自己的胆识。就在一次业余跳伞训练中，学员们由教练引导，鱼贯地背着降落伞登上运输机，准备进行高空跳伞。

突然，不知哪个学员一声惊叫，这时大家才发现，竟然有一位盲人，带着他的导盲犬，正随着大家一起登机。更令人惊异的是，这位盲人和导盲犬的背上，也和大伙儿一样，背着降落伞。

飞机起飞之后，所有参加这次跳伞训练的学员们，都围着那位盲人，七嘴八舌地问他，为什么会参加这一次的跳伞训练。

其中一名学员问道："你根本看不到东西，怎么能够跳伞呢？"

盲人轻松地回答道："那有什么困难的？等飞机到了预定的高度，开始跳伞的警告广播响起，我只要抱着我的导盲犬，跟着你们一起排队往外跳，不就行了？"

另一名学员接着问道："那……你怎么知道什么时候该拉开降落伞？"

盲人答道："那更简单，教练不是教过吗？跳出去之后，从一数到五，我自然就会把导盲犬和我自己身上的降落伞拉开，只要我不结巴，就不会有危险啊！"

又有人问："可是……落地时呢？跳伞最危险的地方，就在落地那一刻，你又该怎么办？"

盲人胸有成竹地笑道："这还不容易，只要等到我的导盲犬吓得歇斯底里地乱叫，同时手中的绳索变轻的刹那，我做好标准的落地动作，不就安全了？"

★智慧感悟★

成功的人与失败的人，他们的区别并不在于能力或意见的好坏，而是在于是否相信自己的判断，是否具有适当冒险与采取行动的勇气。

墙角的拦劫者

有一天半夜，一个人从梦中醒来，迷迷糊糊地出了门。

在楼道的拐角，他碰到一个人：阴郁的面孔、蓬乱的长发，带着一丝惊疑不定的神色。他刚停下来，与此同时，那人也停住了脚步。他向左走一步，想让开那人，没想到那人也向左走去。于是他向右，结果那人也向右……

两个人就这样互相让着，结果谁也没有让开谁——这情景他在行路时常常遇到，但从来没有像今天晚上这样无止无休。他想坐下来，可同时他看到那人也露出了同样的企图，吓得他转身跑回屋去。

第二天，当他醒来的时候，太阳已经很高了，他忽然想起了昨夜的事，他跳起来，冲向楼道，在楼道的拐角，居然静静地立着一面镜子。

这个人恍然大悟，原来昨夜拦住自己去路的正是镜子中的自己。

很多时候，人的失败实际上就是观念的失败，人的悲剧本质上常常是没有勇气超越自我的悲剧。阻挡我们前进的正是我们自身，最难超越的山峰也是我们自己。

勇敢的小女孩

在 19 世纪 50 年代的美国，有一天，一个穷人家庭的 10 岁的小女孩被母亲派到磨坊里向种植园主索要 50 美分的工钱。

园主放下自己的工作，看着那小女孩远远地站在那里要求着什么，便问道："你有什么事情吗?"小女孩没有移动脚步，怯怯地回答说："我妈妈说想要 50 美分。"

园主早已习惯了拖欠甚至拒付工人的工钱，面对一个小女孩更是毫无顾忌了，他用一种可怕的声音回答说："我绝不给你!你快滚回家去吧，不然我用锁锁住你。"说完他就继续做自己的工作了。

过了一会儿，他抬头看到小女孩仍然站在那儿不走，便掀起一块桶板向她挥舞道："如果你再不滚开的话，我就用这桶板教训你。好吧，趁现在我还……"话未说完，那小女孩突然像箭镞一样冲到他前面，毫无恐惧地扬起脸来，用尽全身气力向他大喊："我妈妈需要 50 美分!"

慢慢地，园主将桶板放了下来，手伸向口袋里摸出 50 美分给了那小女孩。她一把抓过钱，便像小鹿一样推门跑了。留下园主目瞪口呆地站在那儿回顾这奇怪的经历——一个小女孩竟然毫无恐惧地面对自己，并且镇住了自己。

智慧感悟

"跟生活的粗暴打交道，碰钉子，受侮辱，自己也不得不狠下心来斗争，这是好事，使人生气勃勃的好事。"正是勇气的支撑，使身体单薄的小女孩选择了抗争。她给了我们这样的启示：应当惊恐的时候，是在不幸还能弥补之时；在它们不能完全弥补时，就应以勇气面对它们。

演说家的畏惧

旧金山有一位主任检察官，他现在是一位繁忙的演说家。他的工作表现杰出，被人看好为明日之星，因此常受到各种团体的邀请。但之前他辞谢了好多组织的演说邀请，就如同大多数人一样，当时的他畏惧演说。

他回忆道："以前，即使是出席会议，我也总是坐在最远的角落，而且从来没有站起来说过一句话。"

他知道这个问题阻碍了自己的事业的发展，并常常令他焦虑失眠，他知道自己必须采取行动，解决这个问题。

有一天，这位检察官又接到他高中母校的演说邀请，他立刻发现这是一个绝佳的机会。因为，多年来的努力使他与校方及毕业生都培养了很好的关系，再也没比这些听众更值得他信任的了，而这会使他觉得容易放得开些。

于是，他同意前往演说，并尽可能地做好准备。他选择了一个自己最有研究，也是最关注的主题：检察官的工作。他以许多亲身经历为例子，因此不用写讲稿，更不用勉强记演说词。他只是走上学校礼堂的讲台向全校师生讲话，就如同向一群老朋友谈话一般。

那是一场极为精彩的演说，从讲台上，他可以看到听众的眼神集中在他身上，他听到听众因他的笑话发出的笑声，他可以感受到大家的鼓励与支持。当他结束演说时，所有的学生都起立鼓掌，声震屋宇。

那天的经历使这位检察官学到几项有关沟通的宝贵经验，那就是：开放与信任的气氛对沟通的重要性以及成功的沟通所带来的价值。

★智慧感悟★

勇气与果敢是事业成功的脊梁，而与人沟通是成就辉煌人生的关键因素。可以说没有出色的沟通就不会有成功的可能，而要有卓越的讲话艺术，勇气是首要要求。没有勇气的锻造同样产生不了令人信服的演讲术。超越自己，先从战胜心中的恐惧开始。

重要的一课

那天的风雪来得真狂，外面像是有无数发疯的怪兽在呼啸厮打。雪恶狠狠地寻找袭击的对象，风呜咽着四处搜索，从屋顶、看不见缝隙的墙壁鼠叫似的"吱吱"而入。

大家都在喊冷，读书的心思似乎已被冻住了，一屋子的跺脚声。

　　鼻头红红的布鲁斯先生挤进教室时，等待了许久的风席卷而入，墙壁上的"世界地图"一鼓一顿，开玩笑似的卷向空中，又一个跟头栽了下来。

　　往日很温和的布鲁斯先生一反常态，满脸的严肃庄重甚至冷酷，一如室外的天气。

　　乱哄哄的教室静了下来，学生们惊异地望着布鲁斯先生。

　　"请同学们放好书本，我们到操场上去。因为我们要在操场上立正5分钟。"

　　即使布鲁斯老师下了"不上这堂课，永远别上我的课"的通牒之后，还是有几个娇滴滴的女生和几个很壮的男生没有走出教室。

　　操场在学校的东北角，北边是空旷的菜园，再北是一个水塘。

　　那天，操场、菜园和水塘被雪连成了一个整体。

　　矮了许多的篮球架被雪团打得"啪啪"作响，卷地而起的雪粒、雪团呛得人睁不开眼、张不开口。脸上像有无数把细窄的刀在拉在划，厚实的衣服像铁块、冰块，脚像踩在带冰碴儿的水里。

　　学生们挤在教室的屋檐下，不肯迈向操场半步。

　　布鲁斯先生没有说什么，面对学生们站定，脱下羽绒衣，线衣脱到一半，风雪帮他完成了另一半。"到操场上去，站好。"布鲁斯先生脸色苍白，一字一顿地对学生们说。

　　谁也没有吭声，学生们老老实实地到操场上排好了三列纵队。

　　消瘦的布鲁斯先生只穿了一件白衬衣，更显单薄。

　　学生们规规矩矩地站立着。

　　5分钟过去了，布鲁斯先生平静地说："解散。"

　　回到教室，布鲁斯先生说："在教室时，我们都以为自己敌不过那场风雪。事实上，叫你们站半个小时，你们也顶得住，叫你们只穿一件衬衫，你们也顶得住。面对困难，许多人透过放大镜去看，被吓倒了，但和困难拼搏一番，你会觉得，困难不过如此……"

　　走出去的学生很庆幸，自己没有缩在教室里，在那风雪交加的时候，在那个空旷的操场上，他们上了人生重要的一课。

★★★智慧感悟★★★

布鲁斯先生给学生们上的重要的一课，让我们懂得了温室和风雪对个人成长中的意义。

贝多芬以他那孤独痛苦而又热烈追求的一生，给世界留下一句名言："用痛苦换来欢乐。"它曾经鼓舞无数人奋起和自己的不幸进行斗争。

没有人生而刚毅，也没有人培养不出刚毅的性格。我们不要神化强者，其实，普通人所有的犹豫、顾虑、动摇、失望等，在一个强者的内心世界也都可能出现。伽利略屈服过，哥白尼动摇过，奥斯特洛夫斯基想到过自杀，但这并不妨碍他们成为坚强刚毅的人。刚毅的性格和懦弱的性格之间并没有千里鸿沟，刚毅的人不是没有软弱，只是他们能够战胜自己的软弱。只要敢于斗争，你就可能成为坚强的人。

艾森豪威尔的经历

美国总统艾森豪威尔小时候有过这样一段经历：

5岁的时候，艾森豪威尔有一次去叔叔家玩。叔叔的房子后面养了一对大鹅，结果公鹅一见艾森豪威尔就一边怪叫着一边向他扑来。他哪里受得了这种恐吓，于是拼命跑开，向大人哭诉。

受了几次惊吓后，叔叔找了个旧扫帚交给他，然后指着公鹅对他说："你一定能战胜它！"

当公鹅再次向他冲来时，他手里拿着扫帚，浑身不住地颤抖。猛然间，他鼓足勇气大吼一声，挥起扫帚向公鹅冲去。公鹅掉头便跑，他紧追不舍，最后狠狠地给了公鹅一下，公鹅惨叫着逃跑了。从那以后，公鹅只要一见他，就会远远地躲开。

从此，他懂得了一个道理：只要勇敢迎战，就能战胜对手。

★智慧感悟★

在学习和生活中，我们经常犯这样的错误：还没有真正与问题接触，就将其无限放大，以至于很快心生恐惧、逃避，最终将自己打败。

实际上，问题绝大多数时候并不如我们想象的那样严重，只要我们撕破恐惧的面纱，就能很好地解决它。

著名将军巴顿曾经说过："如果勇敢便是没有畏惧，那么我从来不曾见过一位勇敢的人。"即使再勇敢的人，也有畏惧的时候。

那么，怎样才能撕破恐惧的面纱，从恐惧中解放出来，培养真正的勇气呢？最有效的方法，莫过于强迫自己面对恐惧，与恐惧斗争。

挑战人生的阴影

在某地一条河里生长着一种奇怪的鱼，叫仙胎鱼。仙胎鱼在水中游动异常灵敏，再加上身体透明，在水中极难辨认，平常人想捕到仙胎鱼，简直像摘星一般难。

然而，反应灵敏的仙胎鱼，却时常被内行的渔人大量捕捉。

渔人捕捉仙胎鱼的方法很简单，只要两个人各划一只木筏，在河中央相对拉开距离，再用一根粗麻绳贴着水面系在两只木筏中间。然后，两人同时划着木筏，缓缓往岸边靠。而在岸上等着的渔人一见木筏快靠岸了，便纷纷拿起渔网，到岸边就能轻易地捞起仙胎鱼。

为什么只用一根贴在水面上的绳就能把鱼赶到岸边呢？

原来，仙胎鱼有一个致命的弱点：只要一有影子投射水中，它们是宁死也不敢靠近的。水中一根绳子的阴影，竟把仙胎鱼赶进了死胡同。

杯弓蛇影也是人类的通病，困难多数时候是我们自己的脑子创造的。

★ 智慧感悟 ★

有时，人生也会遭遇生活的阴影，但如果像仙胎鱼那样，一见到阴影就胆怯、退缩，那么，一抹小小的阴影，也会堵死人生的一切出路。

迎着风雨，胜算更大

一位喜欢登山的年轻人去拜访一位著名的登山专家，向他讨教有关登山的问题。其中一个问题是："如果我们在半山腰，突然遇到大雨，应该怎么办？"

登山专家说："你应该向山顶走。"

"为什么要往山上走呢，那样风雨不是更大吗？"年轻人疑惑地问。

"往山顶走，固然风雨可能更大，却不足以威胁你的生命；向山下跑，看来风雨小些，却可能遇到暴发的山洪而遇难。"登山专家严肃地说，"对于风雨，逃避它，可能被卷入洪流；迎向它，你反而能获得生存!"

★智慧感悟★

迎着风雨，胜算更大。正如一句老话："困难像弹簧，你强它就弱，你弱它就强。"然而，当暴风雨袭来之时，许多人却失去了迎难而上的勇气，结局是想逃避的终究逃脱不了，不逃避的便能凯旋。

第七章

行动一小步，就有新高度

比尔·盖茨曾指出："虽然行动不一定能带来令人满意的结果，但不采取行动就绝无满意的结果可言。"

如果你有了强烈的愿望，就要积极地迈出实现它的第一步，千万不要等待或拖延，不要找出你不能实现这个愿望的几百个理由，也不必等待具备所有的条件。因为，如果你不行动，你将永远不会成功。

我们不必畏惧遥不可及的未来，只要想着此时此刻该做什么就可以了。一步一个脚印地把眼前的事情做好，每天只需跨出一小步，成功的喜悦就会在不知不觉中浸润我们的生命。

踏实跨出每一步

很久以前，泰国有个叫奈哈松的人，一心想成为一个富翁。他觉得成为富翁的捷径便是学会炼金术。

此后他把全部的时间、金钱和精力，都用在了炼金术实验中。不久以后他花光了自己的全部积蓄，家里变得一贫如洗，连饭都没得吃了。妻子无奈，跑到父亲那里诉苦，父亲决定帮女婿改掉恶习。

他让奈哈松前来相见，并对奈哈松说："我已经掌握了炼金之术，只是现在还缺少一样材料……"

"快告诉我还缺少什么？"奈哈松急切地问道。

"那好吧，我可以让你知道这个秘密。我需要3公斤香蕉叶下的白色茸毛。这些茸毛必须是你自己种的香蕉树上的。等收齐茸毛后，我便告诉你炼金术的方法。"

奈哈松回家后立刻在已荒废多年的田地里种上了香蕉。为了尽快凑齐茸毛，他除了种以前自家就有的田地外，还开垦了大量的荒地。当香蕉长熟后，他便小心地从每张香蕉叶下收刮白茸毛。而他的妻子和儿女则抬着一串串香蕉到市场上去卖。就这样，10年过去了，奈哈松终于收集够了3公斤茸毛。这天，他一脸兴奋地拿着茸毛来到岳父家里，向岳父讨教炼金之术。

岳父指着院中的一间房子说："现在，你把那边的房门打开看看。"

奈哈松打开了那扇门，立即看到满屋金光，竟全是黄金，他的妻子、儿女都站在屋中。妻子告诉他，这些金子是他这10年里所种的香蕉换来的。面对着满屋实实在在的黄金，奈哈松恍然大悟。

那些心存侥幸、渴望点石成金的人往往一无所获、双手空空；而那些看似没有多少进步的人，积累一段时间以后，就会获得成功。因此，踏实跨出你的每一步，你就能积少成多，获得成功。只有永远抱着跑在最前面的思想的人，才有可能做第一名。

这就好比两个准备爬山的人，第一个立志要爬到山顶，第二个人说我要享受生活，爬到半山腰就好。

结果多半是立誓爬到半山腰的人愿望达到，而第一个人的愿望有两种可能：第一，他没有达到他的目的地——山顶，但他最终所处的位置一定比第二个人高；第二，他如愿以偿地站在最高峰。无论是哪种结果，成就大的永远是立志到达山顶的那个人。

木鱼成不了佛

有一位小沙弥问老师父说："我们寺内，千年以来出了无数的高僧、无数的名师，佛堂内化育过无数的众生，可是，我们佛桌上那只木鱼，听过多少经书，受过多少佛号，为什么现在还是一只木鱼，不能成佛呢？"

老师父微微一笑问他："你来这里多久了？"

小沙弥说："已经两年了。"

老师父问："那你懂得念经？"

小沙弥说："懂。"

老师父问："懂不懂得礼佛？"

小沙弥说:"懂。"

老师父问:"懂不懂得修持?"

小沙弥说:"懂。"

老师父笑了起来,说道:"你看你自己说了那么多'懂、懂、懂',那你成佛了没有?"

小沙弥脸红地说:"还没有。"

老师父说:"那就对了,那只木鱼说了无数声的'咚、咚、咚',毕竟永远只是只木鱼,因为佛法不是用来说的,而是用来做的。只会说不会做是不会成佛的。"

★智慧感悟★

光有语言没有行动是不会成就事业的。没有干不成的事业,只有不肯行动的人。只有行动才能赋予生命力量。

马与驴子的区别

唐太宗贞观年间,长安城西的一家磨坊里,有一匹马和一头驴子。它们是好朋友,马在外面拉东西,驴子在磨坊拉磨。贞观三年,这匹马被玄奘大师选中,随大师前往印度取经。

17年后,这匹马驮着佛经回到长安。它重到磨坊会见驴子朋友。老马谈起这次旅途的经历:浩瀚无边的沙漠、高耸入云的山岭、长年不化的冰雪……那些神话般的境界,使驴子听了大为惊异,驴子惊叹道:"你有那么丰富的见闻呀!那么遥远的道路,我连想都不敢想。"

"其实,"老马说,"我们跨过的距离是大体相等的,当我向西域前进的时候，你一步也没有停止过，不同的是，我同玄奘大师有一个遥远的目标，按照始终如一的方向前进，所以我们打开了一个广阔的世界。而你被蒙住了眼睛，一生就围着磨盘打转，所以永远也走不出这个狭窄的天地。"

智慧感悟

成功都是从设定目标的那一天开始的，以前的日子，只不过是在绕圈子而已。

为了成功，我们必须确定一个目标。如果没有目标，就只能在人生的旅途上徘徊，永远到不了目的地。正如空气对于生命一样，目标对于成功也有绝对的必要。

买梦和卖梦

有两个小孩到海边去玩，玩累了，两人就躺在沙滩上睡着了。

其中一个小孩做了个梦，梦见对面岛上住了个大富翁，在富翁的花圃里有一整片的茶花，在一株白茶花的根下埋着一坛黄金。

这个小孩把梦的内容告诉了另一个小孩，说完后，不禁叹息着："真可惜，这只是个梦！"

另一个小孩听了相当动容，从此在心中埋下了逐梦的种子。

他对那个做梦的小孩说："你可以把这个梦卖给我吗？"

这个小孩买了梦以后，就往那座岛进发。他历经了千辛万苦才到达岛上，果然发现岛上住着一位富翁，于是就自告奋勇地做了富翁的用人。

他发现，花园里真的有许多茶花，茶花一年一年地开，他也一年一年地把种茶花的土一遍一遍地翻掘。

就这样，茶花越长越好，富翁也对他越来越好。

终于有一天，他从白茶花的根底挖下去，真的掘出了一坛黄金！

买梦的人回到家乡，成了最富有的人；卖梦的人虽然不停地在做梦，但他从未圆过梦，最终还是个穷光蛋。

★智慧感悟★

梦想成真在于行动。一个人如果只是一味地想着去得到什么东西，却没有实际行动，那他将什么都得不到。成功是需要付出的，只有付出才会有收获。付出多少，就会得到多少，这是一种最公平的劳动。

从现在就开始行动

史威济非常喜欢打猎和钓鱼，他最喜欢的生活是带着渔竿和猎枪步行50里到森林里，过几天以后再回来，虽精疲力竭、满身污泥却快乐无比。

这类嗜好唯一不便的是，他是个保险推销员，打猎、钓鱼太花时间。有一天，当他依依不舍地离开心爱的鲈鱼湖，准备打道回府时，突发异想：在这荒山野地里会不会也有居民需要保险？那他不就可以同时工作又能在户外逍遥了吗？结果他发现果真有这种人：他们是阿拉斯加铁路公司的员工，他们散居在铁路沿线各段路轨的附近。他可不可以沿铁路向这些铁路工作人员、猎人和淘金者售保呢？

史威济在想到这个主意的当天就开始积极计划。他向一个旅行社打听清楚以后，就开始整理行装。他没有停下来让恐惧乘虚而入，也不左思右想找借口，他只是搭上船直接前往阿拉斯加的"西湖"。

史威济沿着铁路走了好几趟，那里的人都叫他"步行的史威济"，他成为那些与世隔绝的家庭最欢迎的人。同时，他也代表了外面的世界。不但如此，他还学会理发，替当地人免费服务。他还无师自通地学会了烹饪，由于那些单身汉吃厌了罐头食品和腌肉之类，他的手艺当然使他变成最受欢迎的贵客。而与此同时，他也正在做一件自然而然的事，正在做自己想做的事：徜徉于山野之间，打猎、钓鱼，并且像他所说的——"过史威济的生活"。

在人寿保险事业里，对于一年卖出 100 万元以上的人设有光荣的特别头衔，叫作"百万圆桌"。在史威济的故事中，最不平常而使人惊讶的是：在他把突发的意念付诸行动以后，在他动身前往阿拉斯加的荒原以后，在他走过没人愿意前来的铁路沿线以后，他一年之内就做成了百万元的生意，因而赢得"圆桌"上的一席之地。

★智慧感悟★

梦想是所有行动的出发点，行动则是实现梦想的唯一途径。很多人之所以失败，就在于他们从来都没有踏出梦想的第一步。

不要等待"时来运转"，想到就去做，并且马上就做，这是一切成功人士必备的素质。

一生追逐的心愿

那时他还年轻，凡事都有可能，世界就在他的面前。一个清晨，上帝来到他身边："你有什么心愿？说出来，我都可以为你实现，你是我的宠儿。但是记住，你只能说一个。"

"可是，"他不甘心地说，"我有许多的心愿啊。"

上帝缓缓地摇头："这世间的美好实在太多，但生命有限，没有人可以拥有全部，有选择就有放弃。来吧，慎重地选择，永不后悔。"

他惊讶地问："我会后悔吗？"

上帝说："谁知道呢。选择爱情就要忍受情感煎熬；选择智慧就意味着痛苦和寂寞；选择财富就有钱财带来的麻烦。这世上有太多的人在走了一条路之后，懊悔自己其实该走另一条道。仔细想一想，你这一生真正要什么？"

他想了又想，不同的渴望纷至沓来，在他周围飞舞。哪一件是他不能舍弃的呢？最后，他对上帝说："让我想想，让我再想想。"

上帝说："但是要快一点啊，我的孩子。"

从此，他不断地比较和权衡。他用生命中一半的时间来列表，用另一半时间来撕毁这张表，因为他发现他总有遗漏。

一天又一天，一年又一年。他不再年轻了。他老了，他更老了。上帝又来到他面前："我的孩子，你还没有决定你的心愿吗？可是你的生命只剩下5分钟了。"

"什么？"他惊讶地叫道，"这么多年来，我没有享受过爱情的快乐，没有积累过财富，没有得到过智慧，我想要的一切都没有得到。上帝啊，你怎么能在这个时候带走我的生命呢？"

5分钟后，无论他怎么痛哭求情，上帝还是带走了他。

智慧感悟

要想成功就必须果断出击，犹犹豫豫、瞻前顾后的人是永远不会有突破的可能的。

丘吉尔的弱点

丘吉尔的演讲功力令世人折服，其演讲的措辞、语调和手势透露出非凡的勇气和力量。在"二战"中最困难的时刻，正是因为丘吉尔每天的广播演讲，英国军民才能始终保持着必胜的信心。

实际上，这样一位演讲天才在青年时特别害羞，说话并不流畅，一讲话就脸红，期期艾艾，唯唯诺诺。

当他确定了自己的远大目标和抱负后，他决心彻底克服自己的弱点，之后每天对着镜子练习演讲，自演自看，自讲自听；每一个词语，每一个语调，每一个神态，他都反复思考，不停锤炼，同时在实践中不断地磨炼、提高。

几年后，他便能够做到口若悬河。

智慧感悟

丘吉尔在世人面前塑造的是一个强硬派领袖的形象，这在很大程度上得益于他的充满激情的、处处展现出坚定意志的演讲。这样的丘吉尔原本竟然有说话方面的弱点，谁能想到呢？

如果同样的情况发生在别人身上，也许很多人就会一直消沉下去，永远唯唯诺诺。但是，丘吉尔从一点一点的行动起步，每一天都训练自己，终于克服了弱点。这样的行动力难道不值得我们学习吗？

把握人生从现在开始

严冬过后的第一个春暖之日，雄鹰便翱翔于天。经过一个山区时，他看到鸡妈妈正领着自己的孩子们悠闲地晒太阳，于是飞了过去，落在最近的一个枝头上，问道：

"鸡妈妈，你也有翅膀，为什么不能像你的祖先一样在天上飞呢？天上很快乐！"

"哦！谢谢你！"鸡妈妈转身看着自己的孩子们，对老鹰说，"你看，我有这么多的孩子需要看护，我没时间呀！等他们长大了让他们飞吧。唉，我这辈子是没指望了！"

老鹰只好飞走了。

第二年的春天，老鹰再次飞过山区时，发现一只大花鸡带领着她的孩子们在散步。那只大花鸡就是去年老鹰见到的鸡妈妈的一个女儿，现在她长大了，更健壮，更丰满！

老鹰飞到她的身边问道：

"大花鸡，你也有翅膀，为什么不能像你的祖先一样在天上飞呢？天上很快乐！"

"谢谢你！"大花鸡答道，"你看，我已经老了，飞不动了，还是等我的孩子长大以后让他们飞吧！唉，我这辈子是没指望了！"

老鹰只好飞走了。

第三年，老鹰经过山区时，依旧看见一只鸡妈妈带领自己的孩子们在山坡上觅食，但他再也没有下去劝她了。

★★★★★★★★★★
智慧感悟
★★★★★★★★★★

"明日复明日，明日何其多"，把握人生就要从当下开始，而不是总想着今后怎么样。把奋发寄托在明天是懦夫的表现，是消极思想的典型体现。我们要想积极生活，就应该把握现在、把握今天。

《儿童挣钱的 250 个主意》的诞生

有一个美国小男孩，父母对他要求很严，平时很少给他零花钱。8 岁的时候，有一天他想去看电影，身上却分文全无。是向爸妈要钱，还是自己挣钱？他第一次开始思考这样的问题。最终，他选择了后者。他自己调制了一种汽水，把它放在街边，向过路的行人出售。可那时正是冬天，没有人购买，他最后只等到两个顾客——他的爸爸和妈妈。

他依旧不停地寻找机会。

一天吃早饭时，父亲让他去取报纸——送报员总是把报纸从花园篱笆中一个特制的管子里塞进来。想看报纸时必须到房子的入口处去取，虽然只需要走二三十步路，但也是非常麻烦的事情。

当他为父亲取回报纸的时候，一个主意诞生了。当天他就挨个按响邻居的门铃，对他们说，每个月只需付给他 1 美元，他就每天早晨把报纸塞到他们的房门下面。大多数人都同意了，这个小男孩很快就有了 70 多个顾客。一个月后，他赚到了第一桶金，那时候，他快乐得简直像飞上了天。

但他并没有满足现状。经过一段时间的思考，他决定让他的顾客每天把垃圾袋放在门前，然后由他早晨送报时顺便扔到垃圾桶里——每个月另加1美元。他的客户们很赞赏这个点子，于是他的月收入增加了一倍。后来他还为别人喂宠物、看房子、给植物浇水，他的月收入随之直线上升。

一年后，他开始学习使用父亲的电脑。他学着写广告，而且开始把小孩子能够挣钱的方法全部写下来。因为他不断有新的主意，并马上实施，所以很快他就有了丰厚的积蓄。他的母亲帮他记账，好让他知道什么时候该向谁收钱。

后来，他必须雇佣别的孩子为他帮忙，然后把收入的一半付给他们。

一个出版商注意到了他，并说服他写了一本书，书名叫《儿童挣钱的250个主意》。于是，他在12岁时，就成了一名畅销书作家。

电视台也邀请他参加各种儿童谈话节目，他在电视里表现得非常自然，受到许多观众的喜爱。到15岁的时候，他有了自己的谈话节目。

17岁时，他已经成了百万富翁。

★智慧感悟★

最重要的唯有行动。不管你是8岁还是80岁，只要行动起来，你就会有收获。每一步行动，都将促使你前进一步，而每一步的积累将筑成你最终的成功。

疯狂英语疯狂学

"Crazy English"（疯狂英语）如同它所提倡的理念一样，让众多华语世界的人们着实为之疯狂起来。但也许你并不知晓，它的创始人李阳在大学期间曾经最头痛英语。

李阳在中学时学习状况很不理想，高三期间因对学习失去信心曾几欲退学，后来勉强考入兰州大学工程力学系，大学一二年级还多次补考英语。

为了彻底改变英语学习失败的窘境，李阳开始奋力一搏。

李阳制作了许多小纸条，写上一些英文句子，在零碎时间他就大声背诵这些句子。甚至在去食堂的路上，他也大声背诵，丝毫不顾及其他人投来的诧异目光。

那么，零碎时间从哪里来呢？生活中不可避免要排队，一日三餐的前后，上下班的路上，甚至上厕所的时候，都是可以利用的零碎时间。

李阳曾说："我特别喜欢堵车，因为一堵车，我别无选择，只有拿出小纸片来背上两句；我特别喜欢排队，因为再长的队，我都没有感觉，好像一会儿就轮到我了。"

经过4个月的艰苦努力，李阳在大学英语四级考试中一举获得全校第二名的优异成绩。

李阳大学毕业之后，被分配到西安西北电子设备研究所当了一年半助理工程师。这一年半中，他坚持每天清晨在单位九楼楼顶大声喊英、法、德、日语，进一步实践和完善了"疯狂英语突破法"。

现在李阳创办了李阳·克立兹国际英语推广工作室，全身心投入"在中国普及英文、向世界传播中文"的事业。迄今为止已在全国各地义务讲学1000多场次，听讲人数近千万。

智慧感悟

李阳为了取得在英语方面的进步，抓紧生活中一切空余时间努力

学习，最终以切实的行动突破了英语难关，更突破了自我。

不要抱怨自己缺乏某种能力，因此达不到别人到达的高度，只要你愿意努力，只要你行动起来，哪怕只是微小的行动，它们累积而成的力量也可能是无穷的。

第八章

和成功人士一起迈向巅峰

你所遇到的人，决定你的命运。良好的环境可以促进人的成功，恶劣的环境会阻挠人的成功。

要成为一位事业成功的人，就应该多学习成功人士的思维和行为习惯，在他们的世界里感受他们的热情，学习他们正确的思维方法，了解并掌握他们处理问题的方法。

扁鹊换心术

鲁国的公扈、赵国的齐婴两人生病后，一道去请神医扁鹊为其诊治。在扁鹊的精心调理之下，他俩的病没用多长时间就痊愈了。可是，扁鹊却对公扈和齐婴说："你们俩以往所求治的病，都是病邪从体外侵入到体内的五脏六腑所致，因此只需用药物和针灸治疗便能解决问题。这几天我发现你们身上还潜伏着一种病，那是从娘胎里带出来的，并随同你们身体的发育而一道生长。这种病很危险，我愿意再给你们治一下，怎么样？"

公扈和齐婴回答道："我们想听听这种病有些什么症状，然后再做决定。"

于是，扁鹊先对公扈说："你有远大的抱负，又善于思考问题，遇事能有很多的办法，但遗憾的是气质较为柔弱，在关键时刻往往优柔寡断，犹豫不决，坐失良机。"接着，他又转向齐婴："你正好与公扈相反。你对未来缺乏长远的打算，思想比较简单，然而气质很刚强，为人处世少用心计，却喜欢独断专行。"最后，扁鹊对他俩说："现在如果让我将你们的心来个互换，你们就都可以变得完美无缺了。"

公扈和齐婴听了扁鹊的分析之后，都愿意接受换心手术。于是，扁鹊让他们二人分别喝下一种麻醉药酒，致使昏迷3天不醒。在这期间，扁鹊便将二人的胸腔打开，取出心来，交换安放。手术完毕之后，又在伤口处敷上神药，等他们苏醒过来后，仍如术前一样健康强壮，但言行举止间，公扈比原来多了一分果敢英气，而齐婴则多了几丝柔和谦恭。他们一同辞谢了扁鹊之后，就各自回国了。果然，以后都成就了一番大事业。

★★★★★★★
智慧感悟
★★★★★★★

"尺有所短，寸有所长"，这则故事借用了神医的历史，用换心术来作比喻，说明了这样一个道理：每一个人都有自己的优点和缺点，只有善于吸取别人的长处来弥补自己的短处，才能不断进步。

书圣"临池"

王羲之是中国历史上著名的书圣，他在少年时并不是一个才智出众的孩子。不过，他自7岁跟着老师学习书法起，便能坚持勤学苦练。他每天笔耕不辍，即便在休息的时候，也在揣摩字体的结构和气势，经常手随心想，在衣襟上勾勾画画，时间一久，把衣襟都划破了。王羲之喜欢在家中的一个水池边习字，这样可以就地从池里取水研墨、洗笔和刷砚，长年累月下来，竟使一池清水为之变黑。如今王羲之故宅仍有"墨池"遗迹，而"临池"也成为习字的一个代称。最终，王羲之集众家所长，改变了晋代以前平板匀整的篆、隶书法，创造了飘逸潇洒的行书、骨力刚健的楷书和神采飞扬的草书这3种具有个人风格的字体，可以说是勤奋造就了一代书圣。

受到父亲的影响，王羲之的儿子王献之同样从小爱好书法艺术，王羲之就以自己勤学苦练终成大器的亲身体会教导儿子。当王献之开始临摹父亲的书法时，便问父亲有什么秘诀可以速成。而王羲之只是指着院子里的18只水缸对他说："秘诀是有，速成却不可为。你看，秘诀就在这些水缸里，当你把这18缸水写完时，自然就知道秘诀在哪里了。"王献之遵循父训天天从缸里取水磨墨习字，几年下来，这18

缸水果真被他用完了。功夫不负有心人，王献之的书法也就有了很大的提高，并最终创造出结构微妙、字体秀丽的"今草"，也成为一代大家，与其父齐名，并称"二王"，又称"小圣"。

智慧感悟

成功来源于勤学苦练，日积月累。假若将捷径理解为一蹴而就的话，成功是没有捷径可以走的；假若将捷径理解为达到成功最短的距离，那么捷径就是脚踏实地的奋斗和扎扎实实的努力！

爱迪生的退休年龄

爱迪生是世界上最伟大的科学家，他一生有 1000 多项重要的发明。

在他 50 岁的生日宴会上，老朋友关心地问他："你的一生成就非凡，在这剩下来的岁月中，你打算怎么安排？"

爱迪生高兴地说："从现在起到 70 岁，我想把时间交给工作，75 岁我计划去学桥牌，到了 80 岁，我想学好打高尔夫球。"

老朋友继续问："那 90 岁以后，你想做些什么呢？"

爱迪生笑着说："我安排的计划不会超过 30 年，太短就缺乏远见，太长又不好掌控。"

爱迪生 70 岁生日时，老朋友又问他同样的问题，这回爱迪生认真地回答："我从工作当中获得无穷的快乐，我仍然有数不清的构想，这些事情足够我忙上几百年。所以，我永远不会让自己退休的。"

智慧感悟

　　成功的人并不以自己眼前所取得的成就而觉得满足，他需要的是继续前进，向着人生中的更高峰攀登。他以取得新的成功为人生的一大乐事。所以，他生命中的每一天都充满着朝气蓬勃的活力，就如初升的太阳源源不断地释放出万丈光芒。

　　让我们和成功人士一起迈向巅峰。

专注的力量

　　他去一家公司面试，董事长找出一篇文章对他说："请你把这篇文章一字不漏地读一遍，最好能一刻不停地读完。"说完，董事长就走出了办公室。

　　他想：不就是读一遍文章吗？这太简单了。他深吸一口气，开始认真地读起来。过了一会儿，一位年轻漂亮的女孩走过来对他说："先生，休息一会儿吧，请用茶。"她把茶杯放在茶几上，冲着他微笑。他好像没有听见也没有看见似的，还在不停地读。

　　又过了一会儿，一只可爱的小猫伏在了他的脚边，用舌头舔他的脚踝，他只是本能地移动了一下他的脚，丝毫没有影响他的阅读。

　　这时，刚才那位女孩又过来了，要他帮她抱起小猫，他还在大声地读，根本没有理会女孩的话。

　　他终于读完了。董事长走进来问："你注意到那位美丽的小姐和她的小猫了吗？"

　　"没有，先生。"

董事长又说:"那位小姐可是我的表妹,她请求了你几次,你都没有理她。"

他很认真地说:"你要我一刻不停地读完这篇文章,我只想如何集中精力去读好它,脑子里只想着要做好这一件事,别的什么事我就不太清楚了。"

董事长听了,满意地点了点头:"小伙子,你被录取了!在纽约,像你这样有专业技能的人很多,但像你这样专注工作的人太少了!你会很有前途的。"

现在的他已经成了这家公司的总经理,每次回忆起这件事,他总是很有感触地说:"这是我一生中最重要的转折点,一个人如果没有专注的精神,那他就无法抓住成功的机会。"

★★★★★ 智慧感悟 ★★★★★

做事要专注,这是成功者必备的素质之一。拥有专注的精神才能排除外界的干扰,不为外面的环境所诱惑,无论什么时候都坚定自己的立场,一心一意地朝着自己预定的目标前进,永不放弃。

母亲的葬礼

林肯的母亲去世了,这对他是一个很大的打击。父亲在森林里砍了一棵大树,用它做了一口棺材。由于没能请来牧师,下葬那天只举行了简单的葬礼。母亲是一位具有坚定的信念并且笃信宗教的人,她自小就给林肯读《圣经》上的故事,因此牧师未能出席母亲的葬礼,成为林肯心头的一件憾事。

接连几天，林肯总是呆坐在火堆旁，一声不吭地独自沉思。一天早上，林肯突然说要到镇上走走，直到天黑的时候，林肯才回来，手里拿着一张纸和一支铅笔。这张纸是他在镇上给人干活儿得到的，铅笔则是借的。林肯认真地对父亲说："我要给牧师写信，请他来给妈妈举行下葬仪式。"这位牧师是母亲的朋友，所以林肯相信他一定会来。那天晚上，林肯先用家里的练字木板写好，经过几遍修改，再抄到纸上。直到深夜，他总算写完了这封信。信寄出大约一个月之后，牧师居然回信了。他说等地面的雪融化了，路上好走的时候就来。

那一天，牧师终于来了，在母亲的墓前做了祈祷，然后与从四处赶来的人们一起唱了一首葬礼诗。这是一个既没有教会也没有学校的荒野之地，所以举行一次葬礼实在是一件大事。

林肯每次回忆起这件事情，心里总是在鼓励着自己："有些事，凭着自己的力量，是可以做到的！"

★智慧感悟★

成功是要靠自己去争取、去努力、去拼搏的。它既不是上帝的恩赐，也不是祖先的遗产，只是成功者自己血汗的结晶，是用辛勤的劳动换来的胜利果实，充满着辛酸，更多的也是收获后的喜悦。

穷人的石头汤

寒冷的冬夜，穷人敲开了富人家的大门。

"滚开！"仆人说，"不要想在我们这里得到任何东西。"

穷人说："只要让我进去，在你们的火炉上烤干衣服就行了。"

仆人认为这不需要花费什么，就让他进去了。接着，他又请求仆人给他一个小锅，以便他煮石头汤喝。

"石头汤？"仆人感到奇怪极了，"我想看看你怎样用石头做成汤。"于是答应下来。

穷人拣了一块石头洗净后放在锅里煮。

"可是，你总得放点盐吧。"仆人觉得少了一点什么似的，就给了他一些盐，后来又给了豌豆、薄荷、香菜。最后，又把能收集到的碎肉末都放在汤里。

最后，穷人邀请仆人喝一口他熬出来的石头汤。仆人尝了一口，大声地夸奖穷人说："你的石头汤可真好喝！"

★☆★☆★☆★☆★☆★
智慧感悟
★☆★☆★☆★☆★☆★

故事中的穷人无疑是一个聪明的人，他敲开富人家的大门之后，并没有开口乞讨而是说要烤干衣服，避免被拒之门外，这至少是一个成功的开始。接着他想了一个方法让仆人不自觉地上了他的当，煮一锅丰富的石头汤。他之所以能够取得胜利，很大程度上是因为他的方法与别人不一样，因为他是用脑想问题而不是用嘴说话。

成功的简单道理

全世界最伟大的篮球运动员迈克尔·乔丹在率领公牛队获得两次三连冠后，毅然决定退出篮坛，因为他已经得到了世界篮球运动个人光荣纪录与团队纪录，他是20世纪最伟大的运动员。

在退休后，他说："我成功了！因为我比任何人都努力。"

乔丹不只比任何人都努力，在他处于巅峰的时候，他还比自己更努力，不断要突破自己的极限与纪录。

在公牛队，他的练习时间比任何人都长，据说他除了睡觉时间之外，一天只休息两个小时，剩下的时间全部练球。

与之相似的还有这样一个故事：在美国，有一个卖汽车的业务员的销售成绩在他们公司总是排名第一。有人问他："你为什么总是第一名？"他回答说："因为我每个月都设法比第二名多卖一部车子。"这么简单的一个方法，这样简单的一句回答告诉了我们一个简单的成功道理——永远比第一名还要努力。

★智慧感悟★

想要成功便不能回避"努力"二字。一个人要把握住自己内在的动力，不断超越自我，不断地鞭策自己前进，不可因一时的懈怠或暂时的成功而失去继续努力的动力。

熟能生巧

欧阳修是北宋诗文革新运动的领袖人物，"唐宋八大家"之一，他曾经记录了这样一个故事：

陈尧咨擅长射箭，像他这么高水平的，当代没有第二个人，他也因此感到骄傲自负。

一天，陈在自家的花园里射箭，有个卖油的老汉放下肩上的担子，站在一旁，歪着头，很有兴趣地观看。他看陈尧咨发射的箭，十支中有八九支射中了靶子，便微微地点着头。

陈尧咨问他说："你也懂得射箭吗？我射箭的技术是不是很高明？"

老汉说："也没有什么别的技术，只不过是手熟罢了！"

陈尧咨一听很气愤，大声呵斥道："你怎么敢贬低我的本领？"

老汉说："我是从我倒油的技巧中知道这个道理的。"说罢，他拿出一个葫芦放在地上，又摸出一枚有孔的铜钱放在葫芦嘴上，然后慢慢地用勺子舀出油来往葫芦里倒，只见油像一条细线一样从钱孔中流入葫芦里，而那枚铜钱却没有沾上一点儿油痕。

倒完，老汉直起身子说："我这点技术，也没有什么了不起的，不过就是手熟罢了。"

★★★★★★★
智慧感悟
★★★★★★★

熟能生巧，高超的技能正是通过反复的练习练就的，生活中也是这样，想要出人头地，就要依靠这种勤奋刻苦的劲头。不厌其烦地磨炼自己的生存技能，才会获得超凡的成就。

给比尔·盖茨的一美元小费

老太太正坐在机场的候机大厅里等待她的侄儿，可是半天过去了，还是没有见到他的影子，老太太有些急了。

老太太想上厕所，可是她又不敢丢下身边的行李箱不管，因为里面有很多她为远在都市里的亲友们积攒了多年的礼物。她只得一边忍耐着，一边焦急地东张西望，盼着侄儿早点出现。

"太太，需要帮忙吗？"旁边一个年轻人微笑着问她。

"哦，不，暂时不需要。"老太太打量了年轻人一眼。身着休闲服的年轻人掏出一本书，专心致志地阅读起来。

"这个不守时的家伙，等会儿非得训斥他不可。"老太太开始埋怨起来。

又过了一会儿，老太太实在忍不住了，她向身旁的年轻人恳求道："请帮我照看一下行李，我去一趟洗手间。"年轻人点了点头。

老太太很快回来了，她感激地掏出一美元，递给年轻人："谢谢你帮我照看东西。"

年轻人也说了一声"谢谢"，接过钱放进了口袋。

这时，侄儿终于过来了，刚要开口向老太太解释，忽然看见了旁边的年轻人，惊喜地叫道："你好，盖茨先生。见到你真是我的荣幸。"

"我也一样。"年轻人收起书，准备去检票口检票。

"哪个盖茨？"老太太不解地问道。

"就是我常常跟您说起的世界首富，微软公司总裁比尔·盖茨先生啊！"

"啊，我刚才还给过他一美元的小费呢。"老太太满脸自豪地说。

"是真的吗？"侄子惊讶地张大了嘴巴。

"没错，我很高兴为这位太太做了一件事。"盖茨回头答道。

★智慧感悟★

要想成为一个真正成功的人，必须具备三点：一是拥有渊博的知识；二是善于思考，不断地反省反思；三是有高尚的品质。如果知识贫乏就会变成一个愚昧的人，不能时刻对自己的行为进行反思的人就是粗鲁的大汉，而少了高尚的品质，就会变成一个为人所不齿的卑鄙小人。

一对感动了国王的好朋友

公元前4世纪，意大利国王把一个年轻人判处绞刑。在临死之前，年轻人希望能与远在百里之外的母亲见最后一面。

国王准许了，但要求他必须找一个人来替他坐牢。这是一个苛刻的条件。假如他一去不返怎么办？谁也不愿意冒着被杀头的危险来干这件蠢事。

这时，他的好朋友表示愿意替换坐牢，好让他回家与母亲相见。

好朋友住进牢房以后，年轻人就赶回家与母亲诀别。日子如水一样流逝，眼看刑期在即，年轻人却音讯全无。人们一时间议论纷纷，都说好朋友上了年轻人的当。

行刑那天，因为年轻人没有如期归来，只好由好朋友替死。当好朋友被押赴刑场时，围观的人都笑他是个傻瓜，也有人对他产生了同情，更多的人却是幸灾乐祸。但刑车上的好朋友，不但面无惧色，反而有一种慷慨赴死的豪情。

追魂炮被点燃了，绞索已经挂在好朋友的脖子上。围观的人都在内心深处为他惋惜，并痛恨那个出卖朋友的年轻人。就在这时，年轻人骑着马赶回来了，他高声喊着："我回来了！我回来了！"这真是人世间最感人的一幕，年轻人冲到好朋友的身边，他们紧紧地拥抱在一起。

国王知道了这件事，他亲自赶到刑场，赦免了年轻人，并且重重地奖赏了他的好朋友。

一个人能将心比心，这才是一个真正成功的人。做一个真正成功的人，就必须坚守自己高尚的灵魂和道德，越是在艰难时刻越能坚守自己的道德防线，决不辜负朋友的信任。

沙粒向珍珠的转变

有一个自以为是全才的女郎，毕业以后屡次碰壁，一直找不到理想的工作。她觉得自己怀才不遇，对社会非常失望，她感到根本没有伯乐来赏识她这匹"千里马"。

痛苦绝望之下，她来到大海边，打算就此结束自己的生命。

在她正要自杀的时候，刚好有一个老妇人从这里走过，救了她。老妇人问她为什么要走绝路，她说自己不能得到别人和社会的承认，没有人欣赏并且重用她……

老妇人从脚下的沙滩上捡起一粒沙子，让女郎看了看，然后就随便地扔在地上，对女郎说："请你把我刚才扔在地上的那粒沙子捡起来。"

"这根本不可能!"女郎说。

老妇人没有说话，接着又从自己口袋里掏出一颗晶莹剔透的珍珠，同样随便扔在了地上，然后对女郎说："你能不能把这颗珍珠捡起来呢?"

"这当然可以。"

"那你就应该明白是为什么了吧？你应该知道，现在你自己还不是一颗珍珠，所以你不能苛求别人立即承认你，如果要别人承认，那你就要由沙子变成一颗珍珠才行。"

★★★★ 智慧感悟 ★★★★

想要变成珍珠，就必须付出艰苦的努力，当我们不停地抱怨现实的不公时，首先问一下自己是珍珠还是沙子？努力地使自己成为珍珠，即使是一颗小珍珠也会被发现，那么沙粒再多也掩盖不了珍珠的光芒。

勇争第一

一位赛车手一赛完车，就回来向母亲报告比赛的结果。他冲进家门叫道："妈妈，有35辆车参加比赛，我得了第二名!"

"这值得高兴吗？要我说——你输了!"母亲回答道。

"妈妈，你不认为第一次就跑第二是很了不起的事吗？而且有这么多辆车参加比赛。"他抗议着。

"你用不着跑在任何人后面。如果别人能跑第一，你也能!"母亲严厉地说。

这句话深深地刻进了儿子的脑海。

接下来的20年中，他称霸赛车界，成为运动史上赢得奖牌最多的赛车选手。他就是理查·派迪。

他的许多项纪录到今天还保持着，没人能打破。20多年来，他一直没忘记母亲的责备——你用不着跑在任何人后面!

★☆★☆★☆★☆★
智 慧 感 悟

信心与能力是齐头并进的，勇争第一，你就能唤起强大的生命潜能，去实现出人头地的梦想。勇争第一既是一种积极的人生态度，又是自信的一种表现。无论做什么事情，你的态度决定你的高度。

不找借口，努力成就一切

记忆专家正在给一个女学生上课。

"记忆专家，我希望你不要指望你能改进我的记忆力，这是绝对办不到的事。"

"为什么?"记忆专家吃惊地问。

"这是祖传的，"女学生回答他，"我们一家人的记忆力全都不好，爸爸妈妈将它遗传给我。因此，你要知道，我这方面不可能有什么更出色的表现。"

记忆专家说:"小姐，你的问题不是遗传，是懒惰。你觉得责怪你的家人比用心改进自己的记忆力容易。请坐下来，我证明给你看。"

随后的一段时间里，记忆专家专门耐心地训练这位女学生做简单的记忆练习，由于她专心练习，学习的效果很好。记忆专家打破了那位女学生认为自己无法将脑筋训练得优于父母的想法。

从此，女学生明白了一点:做任何事都不要找借口，首先就要学会自己改造自己。

要想成功，就不要为成功的路上所遇到的各种困难找借口，这是一种懦弱，等于是扼杀了自己的创造力。困难并不是没有办法可以克服，只要用心去寻找，总会找到方法。对于一个渴望成功的人来说，他所要做的就是不找任何借口。

心沉气定，自有所成

一个屡屡失意的年轻人千里迢迢来到普济寺，慕名寻到老僧释圆，沮丧地对他说："人生总不如意，活着也是苟且，有什么意思呢？"释圆静静地听着年轻人的叹息和絮叨，末了才吩咐小和尚说："施主远道而来，烧一壶温水送过来。"

不一会儿，小和尚送来了一壶温水，释圆抓了些茶叶放进杯子，然后用温水沏了，放在茶几上，微笑着请年轻人喝茶。杯子冒出微微的水汽，茶叶静静地浮着。年轻人不解地询问："宝刹怎么喝温茶？"释圆笑而不语。年轻人喝一口细品，不由得摇摇头："一点茶香都没有啊。"释圆说："这可是闽地名茶铁观音啊。"年轻人又端起杯子品尝，然后肯定地说："真的没有一丝茶香。"

释圆又吩咐小和尚："再去烧一壶沸水送过来。"又过了一会儿，小和尚便提着一壶冒着浓浓热气的沸水进来。释圆起身，又取过一个杯子，放茶叶，倒沸水，再放在茶几上。年轻人俯首看去，茶叶在杯子里上下沉浮，丝丝清香不绝如缕，令人望而生津。年轻人欲去端杯，释圆作势挡开，又提起水壶注入一线沸水。茶叶翻腾得更厉害了，一缕更醇厚、更醉人的茶香袅袅升腾，在禅房弥漫开来。释圆这样注了5次水，杯子终于满了，那绿绿的一杯茶水，端在手上清香扑鼻，入口沁人心脾。

释圆笑着问："施主可知道，同是铁观音，为什么茶味迥异？"年轻人思忖着说："一杯用温水，一杯用沸水，冲沏的水不同。"释圆点头："用水不同，则茶叶的沉浮就不一样。温水沏茶，茶叶轻浮水上，怎会散发清香？沸水沏茶，反复几次，茶叶沉沉浮浮，释放出四季的风韵：既有春的幽静和夏的炽热，又有秋的丰盈和冬的清冽。世间芸芸众生，也和沏茶是同一个道理：水的温度不够，就不可能沏出散发诱人香味的茶水；你自己的能力不足，要想处处得力、事事顺心自然很难。要想摆脱失意，最有效的方法就是苦练内功，切不可浮躁。"

人生犹如泡茶。想要收获成功的喜悦，想要创造美好的人生，就必须用"沸水"。

★智慧感悟★

要想处处得力、事事顺心自然很难。要想摆脱失意，最有效的方法就是苦练内功，切不可浮躁。浮躁已经成了整个社会的通病，做事不能踏踏实实，急于求成的心态弥漫在一些人中间。然而，就像泡茶，水温够了，时间够了，茶香自然会飘散出来。只要你沉下那颗浮躁的心，自然能够事有所成。

成功属于坚持到最后的人

在为事业奋斗的过程中，越是困难的时候，越是要坚持不懈。成功就在于比别人多坚持一会儿。在一切正常的情况下，大多数人都能够坚持下来，而在困境中，人们的表现就出现了差别。大多数人在困难中很容易放弃自己的目标和意愿，只有那些决计成功的人才能够坚持到最后。所以，几乎所有的成功都是在困境中取得的，困境是成功和失败的分水岭。

一些年轻人去拜访苏格拉底，询问怎样才能拥有博大精深的学问和智慧。苏格拉底没有正面回答，而是告诉大家：你们先回去，每天坚持做 100 个俯卧撑，一个月后再来询问我。年轻人都笑了，他们说，这还不简单吗？然而一个月后，只有一半的人回到苏格拉底面前。苏格拉底说："好，再这样坚持一个月吧。"结果，回来的人还不到三分之一。如此一年后，回来向苏格拉底请教问题的就只剩一个人了，他就是柏拉图。许多年后，他成了古希腊最著名的哲学家。

★★★★★★★★★★
★ 智慧感悟 ★

人的成长是一个漫长的较量，能否取得最后的胜利，不在于一时的快慢。如果你能够在自己成长的道路上静下心来，遇到困难不气馁、不灰心，矢志不渝地前进，那么你必将获得最后的胜利。

成功人生

3 岁时，莫扎特已经学会弹奏古钢琴，并能记住只听过一次的乐段。

7 岁时，波兰钢琴家肖邦创作了《G 小调波罗乃兹舞曲》。

10 岁时，爱迪生建立起一个实验室，开始他的发明事业。

12 岁时，格特鲁德·埃德成为女子 800 米自由泳最年轻的世界纪录创造者。

15 岁时，鲍比·费希尔获得"最年轻的国际象棋大师"称号。

21 岁时，珍妮·奥斯丁开始写她的第一部名著《傲慢与偏见》。

22 岁时，海伦·凯勒出版了她的自传《我的一生》。

25 岁时，查理斯·林德析格首次单人不间断飞越了大西洋。

40 岁时，芭蕾舞蹈家玛戈特·芳廷才开始与芭蕾舞著名男演员鲁道夫·纳勒耶夫合作同登舞台。

43 岁时，约翰·肯尼迪当选为美国最年轻的总统。

50 岁时，亨利·福特采用流水装配线，首次实现了汽车价格低廉的大规模生产。

53 岁时，玛格丽特·撒切尔成为英国第一任女首相。

64 岁时，弗朗西斯·奇切斯特独自乘 53 英尺长的游艇周游世界。

65 岁时，丘吉尔首次成为英国首相。

76 岁时，红衣主教安吉洛·龙卡利成为约翰二十三世教皇，于 5 年内进行了重要改革，为罗马天主教廷开创了新纪元。

80 岁时，摩西"奶奶"（安娜·玛丽·罗伯逊）举行了首次女画家个人画展。

81 岁时，本杰明·富兰克林巧妙地协调了议会众代表的分歧意见，使美国宪法得以通过。

84 岁时，丘吉尔二任首相告退，回到下议院，又一次获得议会选举，并展出他的画作。

88 岁时，大提琴家帕布罗·卡萨尔斯照常举行音乐会，并于 96 岁逝世。

1983 年，美国黑人早期爵士音乐的钢琴演奏家兼作曲家尤比·布莱克逝世，圆满地走过了他的 100 岁人生。他在去世前 5 天时说："如果我早知道我能活这么长，我一定会更好地努力奋斗。"

智慧感悟

成功的人生并不是停滞不前的，它是不断前进、不断拼搏、不断迎接新的成功的过程。世界上没有绝对的成功，只有相对的成功。成功者需要前进，需要补充新鲜的活力，才能满足他心中对成功的渴望。成功的人生就是不断拼搏的人生。